U0875650

汪曾祺经典

人间有味是清欢

汪曾祺 著

主编 陈其昌
顾问 汪朗

译林出版社

摄于二十世纪四十年代

前言

一九九八年五月十八日，在鲁迅纪念馆，由北京市作协和高邮市人民政府联合主办的座谈会上，现任中国文联主席和中国作协主席铁凝为高邮市汪曾祺文学馆题写了“永远怀念汪曾祺老”。

铁凝主席称：“他像一股清风刮过当时的中国文坛，在浩如烟海的短篇小说里，他那些初读似水、再读似酒的名篇，无可争辩地占据着独特隽永、光彩常在的位置。能够靠纯粹文学本身而获得无数读者长久怀念的作家是幸福的。”

他就是他自己，一个从容的“东张西望着，走在自己的路上的可爱的老头。这个老头，安然迎送着每一段或寂寞或热闹的时光，用自己诚实而温馨的文字，用那些平凡而充满灵性的故事，抚慰着常常焦躁不安的世界”。我们认为，铁凝主席的题词和讲话，浓缩了汪老的为人为文的特点和内涵，以及在当代文坛不可替代的位置。

作为汪曾祺研究会会长，陆建华是长期研究汪曾祺的一个标杆。他概括过汪老的文学成就，大意是汪老把中断多年的现代抒情小说这条文学史线索又联系起来，且有自己的追求；汪老的作品显示了旺盛的生命力，继承与发扬民族文化传统对丰富与发展中国当代文学具有重大的现实意义；汪老梦萦故乡的作品以平民的视角写下了脍炙人口的名篇，一直受到广大读者的好评，其“身后文”受到持久不衰的欢迎，这在文学界是少见的。

被评为“扬州五十位文化名人”的朱延庆，说汪老作品中的人和事都有水气，平静如水，流动如水，明澈如水，变化如水，然而有涟漪，甚至波涛。水本无色，而色最丰；水本无形，而形最多。汪老的作品展现了平淡、自然、温和、隽永、五彩缤纷、无穷无尽的世界。我以为，朱公的评述中肯得体，是与汪老自述的“我的家乡是一个水乡，我是在水边长大的。耳目之所接，无非是水。水影响了我的性格，也影响了我作品的风格”一脉相承的，什么高雅、狷介、域外的清风，都与水的变化无常息息相关。正因如此，汪老的作品根植于中华民族优秀文化传统的厚土，又展示了二十世纪现当代百姓的生活画卷。

又如著名文学评论家王干所评：“汪曾祺的文字如秋月当空，明净如水，一尘不染，读罢，心灵如洗。”

在汪老百年诞辰之际，我们愿意跻身如林书海，推出“汪曾祺经典”丛书，既表达我们一“汪”情深，又旨在“传薪光潜德，瞩望在后生”，让汪味的作品得以广泛流传，任人选读，赏心悦目。我们愿以纪念汪老逝世二十周年的祭文作结。

汪公曾祺，星斗其文。爱国爱乡，赤子其人。

文学大家，学贯古今。才华盖世，四海清芬。
大师教诲，刻骨铭心。拜师从文，于师不逊。
佳作精品，妙手绘春。《受戒》传播，天籁之声。
书画诗文，草木有魂。塑造形象，入木三分。
人性为本，真情传神。有益世道，一往情深。
教化人心，隽永天真。乐为人间，频送小温。
瞩望后生，辛勤耕耘。兀兀穷年，久久滋润。
曾祺辞世，佳话遗痕。祭奠江公，泪不能禁。
魂萦梦绕，不忘汪恩。桑梓乡亲，永远前进。

陈其昌

二〇一九年十二月六日

目录

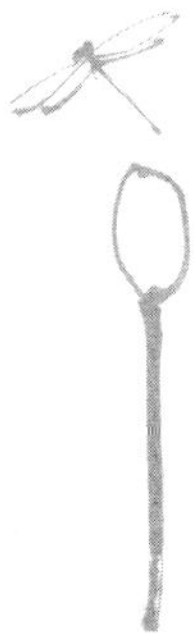

代序

成都小吃

十载成都无小吃，
年丰次第尽重开。
麻辣酸甜滋味别，
不醉无归好汉来。

汪曾祺

口味·耳音·兴趣

我有一次买牛肉。排在我前面的是一个中年妇女，看样子是个知识分子，南方人。轮到她了，她问卖牛肉的："牛肉怎么做？"我很奇怪，问："您没有做过牛肉？"——"没有。我们家不吃牛羊肉。"——"那您买牛肉——？"——"我的孩子大了，他们会到外地去。我让他们习惯习惯，出去了好适应。"这位做母亲的用心良苦。我于是尽了一趟义务，把她请到一边，讲了一通牛肉做法，从清炖、红烧、咖喱牛肉，直到广东的蚝油炒牛肉、四川的水煮牛肉、干煸牛肉丝……

有人不吃羊肉。我们到内蒙古去体验生活。有一位女同志不吃羊肉，——闻到羊肉气味都恶心，这可苦了。她只好顿顿吃开水泡饭，吃咸菜。看见我吃手抓羊肉、羊贝子（全羊）吃得那样香，直生气！

有人不吃辣椒。我们到重庆去体验生活。有几个女演员去吃汤圆，进门就嚷嚷“不要辣椒！”卖汤圆的冷冷地说：“汤圆没有放辣椒的！”

许多东西不吃，“下去”，很不方便。到一个地方，听不懂那里的话，也很麻烦。

我们到湘鄂赣去体验生活。在长沙，有一个同志的鞋坏了，去修鞋，鞋铺里不收。“为什么？”——“修鞋的不好过。”——“什么？”——“修鞋的不好过！”我只得给他翻译一下，告诉他修鞋的今天病了，他不舒服。上了井冈山，更麻烦了：井冈山说的是客家话。我们听一位队长介绍情况，他说这里没有人肯当干部，他挺身而出，他老婆反对，说是“辣子毛补，两头秀腐”。——“什么什么？”我又得给他翻译：“辣椒没有营养，吃下去两头受苦。”这样一翻译可就什么味道也没有了。

我去看昆曲，《打虎游街》《借茶活捉》……好戏。小丑的苏白尤其传神，我听得津津有味，不时发出笑声。邻座是一个唱花旦的京剧女演员，她听不懂，直着急，老问：“他说什么？说什么？”我又不能逐句翻译，她很遗憾。

我有一次到民族饭店去找人，身后有几个少女在叽叽呱呱地说很地道的苏州话。一边的电梯来了，一个少女大声招呼她的同伴：“乖面乖面”（这边这边）！我回头一看：说苏州话的是几个美国人！

我们那位唱花旦的女演员在语言能力上比这几个美国少女可差多了。

一个文艺工作者、一个作家、一个演员的口味最好杂一点，从北京的豆汁到广东的龙虱都尝尝（有些吃的我也招架不了，比如贵州的鱼腥草）；耳音要好一些，能多听懂几种方言，四川话、苏州话、扬州话（有些话我也一句不懂，比如温州话）。否则，是个损失。

口味单调一点，耳音差一点，也还不要紧，最要紧的是对生活的兴趣要广一点。

一九八六年八月十二日

苦瓜是瓜吗?

昨天晚上，家里吃白兰瓜。我的一个小孙女，还不到三岁，一边吃，一边说："白兰瓜、哈密瓜、黄金瓜、华莱士瓜、西瓜，这些都是瓜。"我很惊奇了：她已经能自己经过归纳，形成"瓜"的概念了（没有人教过她）。这表示她的智力已经发展到了一个重要的阶段。凭借概念，进行思维，是一切科学的基础。她奶奶问她："黄瓜呢？"她点点头。"苦瓜呢？"她摇摇头。我想：她大概认为"瓜"是可吃的，并且是好吃的（这些瓜她都吃过）。今天早起，又问她："苦瓜是不是瓜？"她还是坚决地摇了摇头，并且说明她的理由："苦瓜不像瓜。"我于是进一步想：我对她的概念的分析是不完全的。原来在她的"瓜"概念里除了好吃不好吃，还有一个像不像的问题（苦瓜的表皮疙里疙瘩的，也确实不

苦瓜和尚未尝画苦瓜；冬苋菜即葵，此为古人主要蔬品，滋味香滑，北人多不识。

大像瓜）。我翻了翻《辞海》，看到苦瓜属葫芦科。那么，我的孙女认为苦瓜不是瓜，是有道理的。我又翻了翻《辞海》的“黄瓜”条：黄瓜也是属葫芦科。苦瓜、黄瓜习惯上都叫作瓜；而另一种很“像”是瓜的东西，在北方却称之为“西葫芦”。瓜乎？葫芦乎？苦瓜是不是瓜呢？我倒糊涂起来了。

前天有两个同乡因事到北京，来看我。吃饭的时候，有一盘炒苦瓜。同乡之一问：“这是什么？”我告诉他是苦瓜。他说：“我倒要尝尝。”夹了一小片入口：“乖乖！真苦啊！——这个东西能吃？为什么要吃这种东西？”我说：“酸甜苦辣咸，苦也是五味之一。”他说：“不错！”我告诉他们这就是癞葡萄。另一同乡说：“‘癞葡萄’，那我知道的。癞葡萄能这个吃法？”

“苦瓜”之名，我最初是从石涛的画上知道的。我家里有不少有正书局珂罗版印的画集，其中石涛的画不少。我从小喜欢石涛的画。石涛的别号甚多，除石涛外有释济、清湘道人、大涤子、瞎尊者和苦瓜和尚。但我不知道苦瓜为何物。到了昆明，一看：

哦，原来就是癞葡萄。我的大伯父每年都要在后园里种几棵癞葡萄，不是为了吃，是为成熟之后摘下来装在盘子里看着玩的。有时也剖开一两个，挖出籽儿来尝尝。有一点甜味，并不好吃。而且颜色鲜红，如同一个一个血饼子，看起来很刺激，也使人不大敢吃它。当作菜，我没有吃过。有一个西南联大的同学，是个诗人，他整了我一下子。我曾经吹牛，说没有我不吃的东西。他请我到一个小饭馆吃饭，要了三个菜：凉拌苦瓜、炒苦瓜、苦瓜汤！我咬咬牙，全吃了。从此，我就吃苦瓜了。

苦瓜原产于印度尼西亚，中国最初种植是广东、广西。现在云南、贵州都有。据我所知，最爱吃苦瓜的似是湖南人。有一盘炒苦瓜，——加青辣椒、豆豉、少放点猪肉，湖南人可以吃三碗饭。石涛是广西全州人，他从小就是吃苦瓜的，而且一定很爱吃。“苦瓜和尚”这别号可能有一点禅机，有一点独往独来，不随流俗的傲气，正如他叫“瞎尊者”，其实并不瞎；但也可能是一句实在话。石涛中年流寓南京，晚年久住扬州。南京人、扬州人看见这个和尚拿癞葡萄来炒了吃，一定会觉得非常奇怪的。

北京人过去是不吃苦瓜的。菜市场偶尔有苦瓜卖，是从南方运来的。买的也都是南方人。近二年北京人也有吃苦瓜的了，有人还很爱吃。农贸市场卖的苦瓜都是本地的菜农种的，所以格外鲜嫩。看来人的口味是可以改变的。

由苦瓜我想到几个有关文学创作的问题：

一、应该承认苦瓜也是一道菜。谁也不能把苦从五味里开除出去。我希望评论家、作家——特别是老作家，口味要杂一点，不要偏食。不要对自己没有看惯的作品轻易地否定、排斥。不要像我的那位同乡一样，问道“这个东西能吃？为什么要吃这种东西？”提出“这样的作品能写？为什么要写这样的作品？”我希望他们能习惯类似苦瓜一样的作品，能吃出一点味道来，如现在的某些北京人。

二、《辞海》说苦瓜“未熟嫩果作蔬菜，成熟果瓤可生食”。对于苦瓜，可以各取所需，愿吃皮的吃皮，愿吃瓤的吃瓤。对于一个作品，也可以见仁见智。可以探索其哲学意蕴，也可以踪迹其美学追求。北京人吃凉拌芹菜，只取嫩茎，西餐馆做罗宋汤则专要芹菜叶。人弃人取，各随尊便。

三、一个作品算是现实主义的也可以，算是现代主义的也可以，只要它真是一个作品。作品就是作品。正如苦瓜，说它是瓜也行，说它是葫芦也行，只要它是可吃的。苦瓜就是苦瓜。——如果不是苦瓜，而是狗尾巴草，那就另当别论。截至现在为止，还没有人认为狗尾巴草很好吃。

一九八六年九月六日

咸菜和文化

偶然和高晓声谈起“文化小说”，晓声说：“什么叫文化？——吃东西也是文化。”我同意他的看法。这两天自己在家里腌韭菜花，想起咸菜和文化。

咸菜可以算是一种中国文化。西方似乎没有咸菜。我吃过“洋泡菜”，那不能算咸菜。日本有咸菜，但不知道有没有中国这样盛行。“文革”前《福建日报》登过一则猴子腌咸菜的新闻，一个新华社归侨记者用此材料写了一篇对外的特稿：“猴子会腌咸菜吗？”被批评为“资产阶级新闻观点”。——为什么这就是资产阶级新闻观点呢？猴子腌咸菜，大概是跟人学的。于此可以证明咸菜在中国是极为常见的东西。中国不出咸菜的地方大概不多。各地的咸菜各有特点，互不雷同。北京的水疙瘩、天津的津冬菜、保定的春不老。“保定有三宝，铁球、面酱、春不老”，我吃过苏州的春不老，是用带缨子的很小的萝卜腌制的，腌成后寸把长的小缨子还是碧绿的，极嫩，微甜，好吃，名字也起得好。保定的春不老想也是这样的。周作人曾说他的家乡经常吃的是咸极了的咸鱼和咸极了的咸菜。鲁迅《风波》里写的蒸得乌黑的干菜很诱人。腌雪里蕻南北皆有。上海人爱吃咸菜肉丝面和雪笋汤。云南曲靖的韭菜花风味绝佳。曲靖韭菜花的主料其实是细切晾干的萝卜丝，与北京作为吃涮羊肉的调料的韭菜花不同。贵州有冰糖酸，乃以芥菜加醪糟、辣子腌成。四川咸菜种类极多，据说必以自流井的粗盐腌制乃佳。行销（真是“行销”）全国，远至海外（有华侨的地方），堪称咸菜之王的，应数榨菜。朝鲜辣菜也可以算是咸菜。延边的腌蕨菜北京偶有卖的，人多不识。福建的黄萝卜很有名，可惜未曾吃过。我的家乡每到秋末冬初，多数人家都腌萝卜干。到店铺里学徒，要“吃二年萝卜干饭”，言其缺油水也。中国咸菜多矣，此不能备载。如果有人写一本《咸菜谱》，将是一本非常有意思的书。

咸菜起于何时，我一直没有弄清楚。古书里有一个“菹”字，我少时曾以为是咸菜。后来看《说文解字》，菹字下注云：“酢菜也。”不对了。汉字凡从酉者，都和酒有点关系。酢菜现在还有。昆明的“茄子酢”、湖南乾城的“酢辣子”，都是密封在坛子里使之酒化了的，吃起来都带酒香。这不能算是咸菜。有一个齑字，则确乎是咸菜了。这是切碎了腌的。这东西的颜色是发黄的，故称“黄齑”。腌制得法，“色如金钗股”云。我无端地觉得，这恐怕就是酸雪里蕻。齑似乎不是很古的东西。这个字的大量出现好像是在宋人的笔记和元人的戏曲里。这是穷秀才和和尚常吃的东西。“黄齑”成了嘲笑秀才和和尚，亦为秀才和和尚自嘲的常用的话头。中国咸菜之多，制作之精，我以为跟佛教有一点关系。佛教徒不茹荤，又不一定一年四季都能吃到新鲜蔬菜，于是就在咸菜上打主意。我的家乡腌咸菜腌得最好的是尼姑庵。尼姑到相熟的施主家去拜年，都要备几色咸菜。关于咸菜的起源，我在看杂书时还要随时留心，并希望博学而好古的馋人有以教我。

和咸菜相伯仲的是酱菜。中国的酱菜大别起来，可分为北味的与南味的两类。北味的以北京为代表。六必居、天源、后门的“大葫芦”都很好。——“大葫芦”门悬大葫芦为记，现在好像已经没有了。保定酱菜有名，但与北京酱菜区别实不大。南味的以扬州酱菜为代表，商标为“三和”“四美”。北方酱菜偏咸，南则偏甜。中国好像什么东西都可以拿来酱。萝卜、瓜、莴苣、蒜苗、甘露、藕，乃至花生、核桃、杏仁，无不可酱。北京酱菜里有酱银苗，我到现在还不知道究竟是什么东西。只有荸荠不能酱。我的家乡不兴到酱园里开口说买酱荸荠，那是骂人的话。

酱菜起于何时，我也弄不清楚。不会很早。因为制酱菜有个前提，必得先有酱，——豆制的酱。酱——酱油，是中国一大发明。“柴米油盐酱醋茶”，酱为开门七事之一。中国菜多数要放酱油。西方没有。有一个京剧演员出国，回来总结了一条经验，告诫同行，以后若有出国机会，必须带一盒固体酱油！没有郫县豆瓣，就做不出“正宗川味”，但是中国古代的酱和现在的酱不是一回事。《说文》酱字注云从肉、从酉、爿声。这是加盐、加酒、经过发酵的肉酱。《周礼·天官·膳夫》：“凡王之馈，酱用百有二十瓮”，郑玄注：“酱，谓醯醢也”。醯，醢，都是肉酱。大概较早出现的是豉，其后才有现在的酱。汉代著作中提到的酱，好像已是豆制的。东汉王充《论衡》：“作豆酱恶闻雷”，明确提到豆酱。《齐民要术》提到酱油，但其时已至北魏，距现在一千五百多年——当然，这也相当古了。酱菜的起源，我现在还没有查出来，俟诸异日吧。

考察咸菜和酱菜的起源，我不反对，而且颇有兴趣。但是，也不一定非得寻出它的来由不可。

“文化小说”的概念颇含糊。小说重视民族文化，并从生活的深层追寻某种民族文化的“根”，我以为是未可厚非的。小说要有浓郁的民族色彩，不在民族文化里腌一腌、酱一酱，是不成的，但是不一定非得追寻得那么远，非得追寻到一种苍苍莽莽的古文化不可。古文化荒邈难稽（连咸菜和酱菜的来源我们还不清楚）。寻找古文化，是考古学家的事，不是作家的事。从食品角度来说，与其考察太子丹请荆轲吃的是什么，不如追寻一下“春不老”；与其查究楚辞里的“蕙肴蒸”，不如品味品味湖南豆豉；与其追溯断发文身的越人怎样吃蛤蜊，不如蒸一碗霉干菜，喝两杯黄酒。我们在小说里要表现的文化，首先是现在的，活着的；其次是昨天的，消逝不久的。理由很简单，因为我们可以看得见，摸得着，尝得出，想得透。

一九八六年九月十一日

注释

原载《作品》一九八七年第一期。

炒米和焦屑

小时读《板桥家书》:“天寒冰冻时暮，穷亲戚朋友到门，先泡一大碗炒米送手中，佐以酱姜一小碟，最是暖老温贫之具”，觉得很亲切。郑板桥是兴化人，我的家乡是高邮，风气相似。这样的感情，是外地人们不易领会的。炒米是各地都有的。但是很多地方都做成了炒米糖。这是很便宜的食品。孩子买了，咯咯地嚼着。四川有“炒米糖开水”，车站码头都有得卖，那是泡着吃的。但四川的炒米糖似也是专业的作坊做的，不像我们那里。我们那里也有炒米糖，像别处一样，切成长方形的一块一块。也有搓成圆球的，叫作“欢喜团”。那也是作坊里做的。但通常所说的炒米，是不加糖黏结的，是“散装”的；而且不是作坊里做出来，是自己家里炒的。

说是自己家里炒，其实是请了人来炒的。炒炒米要点手艺，并不是人人都会的。入了冬，大概是过了冬至吧，有人背了一面大筛子，手持长柄的铁铲，大街小巷地走，这就是炒炒米的。有时带一个助手，多半是个半大孩子，是帮他烧火的。请到家里来，管一顿饭，给几个钱，炒一天。或二斗，或半石；像我们家人口多，一次得炒一石糯米。炒炒米都是把一年所需一次炒齐，没有零零碎碎炒的。过了这个季节，再找炒炒米的也找不着。一炒炒米，就让人觉得，快要过年了。

装炒米的坛子是固定的，这个坛子就叫“炒米坛子”，不做别的用途。舀炒米的东西也是固定的，一般人家大都是用一个香烟罐头。我的祖母用的是一个“柚子壳”。柚子——我们那里柚子不多见，从顶上开一洞，把里面的瓤掏出来，再塞上米糠，风干，就成了一个硬壳的钵状的东西。她用这个柚子壳用了一辈子。

我父亲有一个很怪的朋友，叫张仲陶。他很有学问，曾教我读过《项羽本纪》。他薄有田产，不治生业，整天在家研究易经，算卦。他算卦用蓍草。全城只有他一个人用蓍草算卦。据说他有几卦算得极灵。有一家，丢了一只金戒指，怀疑是女用人偷了。这女用人蒙了冤枉，来求张先生算一卦。张先生算了，说戒指没有丢，在你们家炒米坛盖子上。一找，果然。我小时就不大相信，算卦怎么能算得这样准，怎么能算得出在炒米坛盖子上呢？不过他的这一卦说明了一件事，即我们那里炒米坛子是几乎家家都有的。

炒米这东西实在说不上有什么好吃。家常预备，不过取其方便。用开水一泡，马上就可以吃。在没有什么东西好吃的时候，泡一碗，可代早晚茶。来了平常的客人，泡一碗，也算是点心。郑板桥说“穷亲戚朋友到门，先泡一大碗炒米送手中”，也是说其省事，比下一碗挂面还要简单。炒米是吃不饱人的。一大碗，其实没有多少东西。我们那里吃泡炒米，一般是抓上一把白糖，如板桥所说“佐以酱姜一小碟”，也有，少。我现在岁数大了，如有人请我吃泡炒米，我倒宁愿来一小碟酱生姜，——最好滴几滴香油，那倒是还有点意思的。另外还有一种吃法，用猪油煎两个嫩荷包蛋——我们那里叫作“蛋瘪子”，抓一把炒米和在一起吃。这种食品是只有“惯宝宝”才能吃得到的。谁家要是老给孩子吃这种东西，街坊就会有议论的。

我们那里还有一种可以急就的食品，叫作“焦屑”。煳锅巴磨成碎末，就是焦屑。我们那里，餐餐吃米饭，顿顿有锅巴。把饭铲出来，锅巴用小火烘焦，起出来，卷成一卷，存着。锅巴是不会坏的，不发馊，不长霉，攒够一定的数量，就用一具小石磨磨碎，放起来。焦屑也像炒米一样，用开水冲冲，就能吃了。焦屑调匀后成糊状，有点像北方的炒面，但比炒面爽口。

我们那里的人家预备炒米和焦屑，除了方便，原来还有一层意思，是应急。在不能正常煮饭时，可以用来充饥。这很有点像古代行军用的“糒”。有一年，记不得是哪一年，总之是我还小，还在上小学，党军（国民革命军）和联军（孙传芳的军队）在我们县境内开了仗，很多人都躲进了红十字会。不知道出于一种什么信念，大家都以为红十字会是哪一方的军队都不能打进去的，进了红十字会就安全了。红十字会设在炼阳观，这是一个道士观。我们一家带了一点行李进了炼阳观。祖母指挥着，特别关照，把一坛炒米和一坛焦屑带了去。我对这种打破常规的生活极感兴趣。晚上，爬到吕祖楼上去，看双方军队枪炮的火光在东北面不知什么地方一阵一阵地亮着，觉得有点紧张，也很好玩。很多人家住在一起，不能煮饭，这一晚上，我们是冲炒米、泡焦屑度过的。没有床铺，我把几个道士诵经用的蒲团拼起来，在上面睡了一夜。这实在是我小时候度过的一个浪漫主义的夜晚。

第二天，没事了，大家就都回家了。

炒米和焦屑和我家乡的贫穷和长期的动乱是有关系的。

端午的鸭蛋

家乡的端午，很多风俗和外地一样。系百索子。五色的丝线拧成小绳，系在手腕上。丝线是掉色的，洗脸时沾了水，手腕上就印得红一道绿一道的。做香角子。丝线缠成小粽子，里头装了香面，一个一个串起来，挂在帐钩上。贴五毒。红纸剪成五毒，贴在门槛上。贴符。这符是城隍庙送来的。城隍庙的老道士还是我的寄名干爹，他每年端午节前就派小道士送符来，还有两把小纸扇。符送来了，就贴在堂屋的门楣上。一尺来长的黄色、蓝色的纸条，上面用朱笔画些莫名其妙的道道，这就能辟邪么？喝雄黄酒。用酒和的雄黄在孩子的额头上画一个王字，这是很多地方都有的。有一个风俗不知别处有不：放黄烟子。黄烟子是大小如北方的麻雷子的炮仗，只是里面灌的不是硝药，而是雄黄。点着后不响，只是冒出一股黄烟，能冒好一会儿。把点着的黄烟子丢在橱柜下面，说是可以熏五毒。小孩子点了黄烟子，常把它的一头抵在板壁上写虎字。写黄烟虎字笔画不能断，所以我们那里的孩子都会写草书的“一笔虎”。还有一个风俗，是端午节的午饭要吃“十二红”，就是十二道红颜色的菜。十二红里我只记得有炒红苋菜、油爆虾、咸鸭蛋，其余的都记不清，数不出了。也许十二红只是一个名目，不一定真凑足十二样。不过午饭的菜都是红的，这一点是我没有记错的，而且，苋菜、虾、鸭蛋，一定是有的。这三样，在我的家乡，都不贵，多数人家是吃得起的。

我的家乡是水乡。出鸭。高邮大麻鸭是著名的鸭种。鸭多，鸭蛋也多。高邮人也善于腌鸭蛋。高邮咸鸭蛋于是出了名。我在苏南、浙江，每逢有人问起我的籍贯，回答之后，对方就会肃然起敬:“哦！你们那里出咸鸭蛋！”上海的卖腌腊的店铺里也卖咸鸭蛋，必用纸条特别标明:“高邮咸蛋”。高邮还出双黄鸭蛋。别处鸭蛋也偶有双黄的，但不如高邮的多，可以成批输出。双黄鸭蛋味道其实无特别处。还不就是个鸭蛋！只是切开之后，里面圆圆的两个黄，使人惊奇不已。我对异乡人称道高邮鸭蛋，是不大高兴的，好像我们那穷地方就出鸭蛋似的！不过高邮的咸鸭蛋，确实是好，我走的地方不少，所食鸭蛋多矣，但和我家乡的完全不能相比！曾经沧海难为水，他乡咸鸭蛋，我实在瞧不上。袁枚的《随园食单·小菜单》有“腌蛋”一条。袁子才这个人我不喜欢，他的《食单》好些菜的做法是听来的，他自己并不会做菜。但是“腌蛋”这一条我看后却觉得很亲切，而且“与有荣焉”。文不长，录如下：

腌蛋以高邮为佳，颜色细而油多，高文端公最喜食之。席间，先夹取以敬客，放盘中。总宜切开带壳，黄白兼用；不可存黄去白，使味不全，油亦走散。

高邮咸蛋的特点是质细而油多。蛋白柔嫩，不似别处的发干、发粉，入口如嚼石灰。油多尤为别处所不及。鸭蛋的吃法，如袁子才所说，带壳切开，是一种，那是席间待客的办法。平常食用，一般都是敲破“空头”用筷子挖着吃。筷子头一扎下去，吱——红油就冒出来了。高邮咸蛋的黄是通红的。苏北有一道名菜，叫作“朱砂豆腐”，就是用高邮鸭蛋黄炒的豆腐。我在北京吃的咸鸭蛋，蛋黄是浅黄色的，这叫什么咸鸭蛋呢！

端午节，我们那里的孩子兴挂“鸭蛋络子”。头一天，就由姑姑或姐姐用彩色丝线打好了络子。端午一早，鸭蛋煮熟了，由孩子自己去挑一个。鸭蛋有什么可挑的呢？有！一要挑淡青壳的。鸭蛋壳有白的和淡青的两种。二要挑形状好看的。别说鸭蛋都是一样的，细看却不同。有的样子蠢，有的秀气。挑好了，装在络子里，挂在大襟的纽扣上。这有什么好看呢？然而它是孩子心爱的饰物。鸭蛋络子挂了多半天，什么时候孩子一高兴，就把络子里的鸭蛋掏出来，吃了。端午的鸭蛋，新腌不久，只有一点淡淡的咸味，白嘴吃也可以。

孩子吃鸭蛋是很小心的，除了敲去空头，不把蛋壳碰破。蛋黄蛋白吃光了，用清水把鸭蛋壳里面洗净，晚上捉了萤火虫来，装在蛋壳里，空头的地方糊一层薄罗。萤火虫在鸭蛋壳里一闪一闪地亮，好看极了！

小时读囊萤映雪故事，觉得东晋的车胤用练囊盛了几十只萤火虫，照了读书，还不如用鸭蛋壳来装萤火虫。不过用萤火虫照亮来读书，而且一夜读到天亮，这能行么？车胤读的是手写的卷子，字大，若是读现在的新五号字，大概是不行的。

咸菜慈姑汤

一到下雪天，我们家就喝咸菜汤，不知是什么道理。是因为雪天买不到青菜？那也不见得。除非大雪三日，卖菜的出不了门，否则他们总还会上市卖菜的。这大概只是一种习惯。一早起来，看见飘雪花了，我这就知道：今天中午是咸菜汤！

咸菜是青菜腌的。我们那里过去不种白菜，偶有卖的，叫作“黄芽菜”，是外地运去的，很名贵。一盘黄芽菜炒肉丝，是上等菜。平常吃的，都是青菜，青菜似油菜，但高大得多。入秋，腌菜，这时青菜正肥。把青菜成担地买来，洗净，晾去水气，下缸。一层菜，一层盐，码实，即成。随吃随取，可以一直吃到第二年春天。

腌了四五天的新咸菜很好吃，不咸，细、嫩、脆、甜，难可比拟。

咸菜汤是咸菜切碎了煮成的。到了下雪的天气，咸菜已经腌得很成了，而且已经发酸。咸菜汤的颜色是暗绿的。没有吃惯的人，是不容易引起食欲的。

咸菜汤里有时加了慈姑片，那就是咸菜慈姑汤。或者叫慈姑咸菜汤，都可以。

我小时候对慈姑实在没有好感。这东西有一种苦味。民国二十年，我们家乡闹大水，各种作物减产，只有慈姑却丰收。那一年我吃了很多慈姑，而且是不去慈姑的嘴子的，真难吃。

我十九岁离乡，辗转漂流，三四十年没有吃到慈姑，并不想。

前好几年，春节后数日，我到沈从文老师家去拜年，他留我吃饭，师母张兆和炒了一盘慈姑肉片。沈先生吃了两片慈姑，说："这个好！'格'比土豆高。"我承认他这话。吃菜讲究"格"的高低，这种语言正是沈老师的语言。他是对什么事物都讲"格"的，包括对于慈姑、土豆。

因为久违，我对慈姑有了感情。前几年，北京的菜市场在春节前后有卖慈姑的。我见到，必要买一点回来加肉炒了。家里人都不怎么爱吃。所有的慈姑，都由我一个人"包圆儿"了。

北方人不识慈姑。我买慈姑，总要有人问我："这是什么？"——"慈姑。"——"慈姑是什么？"这可不好回答。

北京的慈姑卖得很贵，价钱和"洞子货"（温室所产）的西红柿、野鸡脖韭菜差不多。

我很想喝一碗咸菜慈姑汤。

我想念家乡的雪。

虎头鲨·昂嗤鱼·砗螯·螺蛳·蚬子

苏州人特重塘鳢鱼。上海人也是，一提起塘鳢鱼，眉飞色舞。塘鳢鱼是什么鱼？我向往之久矣。到苏州，曾想尝尝塘鳢鱼，未能如愿。后来我知道：塘鳢鱼就是虎头鲨，嗐！

塘鳢鱼亦称土步鱼。《随园食单》："杭州以土步鱼为上品，而金陵人贱之，目为虎头蛇，可发一笑。"虎头蛇即虎头鲨。这种鱼样子不好看，而且有点凶恶。浑身紫褐色，有细碎黑斑，头大而多骨，鳍如蝶翅。这种鱼在我们那里也是贱鱼，是不能上席的。苏州人做塘鳢鱼有清炒、椒盐多法。我们家乡通常的吃法是氽汤，加醋、胡椒。虎头鲨氽汤，鱼肉极细嫩，松而不散，汤味极鲜，开胃。

昂嗤鱼的样子也很怪，头扁嘴阔，有点像鲇鱼，无鳞，皮色黄，有浅黑色的不规整的大斑。无背鳍。而背上有一根很硬的尖锐的骨刺。用手捏起这根骨刺，它就发出昂嗤昂嗤小小的声音。这声音是怎么发出来的，我一直没弄明白。这种鱼是由这种声音得名的。它的学名是什么，只有去问鱼类学专家了。这种鱼没有很大的，七八寸长的，就算难得的了。这种鱼也很贱，连乡下人也看不起。我的一个亲戚在农村插队，见到昂嗤鱼，买了一些，农民都笑他："买这种鱼干什么！"昂嗤鱼其实是很好吃的。昂嗤鱼通常也是氽汤。虎头鲨是醋汤，昂嗤鱼不加醋，汤白如牛乳，是所谓"奶汤"。昂嗤鱼也极细嫩，鳃边的两块蒜瓣肉有大拇指大，堪称至味。有一年，北京一家鱼店不知从哪里运来一些昂嗤鱼，无人问津。顾客都不识这是啥鱼。有一位卖鱼的老师傅倒知道："这是昂嗤。"我看到，高兴极了，买了十来条。回家一做，满不是那么一回事！昂嗤要吃活的（虎头鲨也是活杀）。长途转运，又在冷库里冰了一些日子，肉质变硬，鲜味全失，一点意思都没有！

砗螯，我的家乡叫馋螯，砗螯是扬州人的叫法，我在大连见到花蛤，我以为就是砗螯，不是。形状很相似，入口全不同。花蛤肉粗而硬，咬不动。砗螯极柔软细嫩。砗螯好像是淡水里产的，但味道却似海鲜。有点像蛎黄，但比蛎黄味道清爽。比青蛤、蚶子味厚。砗螯可清炒，烧豆腐，或与咸肉同煮。砗螯烧乌青菜（江南人叫塌苦菜），风味绝佳。乌青菜如是经霜而现拔的，尤美。

我不食砗螯四十五年矣。

砗螯壳稍呈三角形，质坚，白如细瓷，而有各种颜色的弧形花斑，有浅紫的，有暗红的，有赭石、墨蓝的，很好看。家里买了砗螯，挖出砗螯肉，我们就从一堆砗螯壳里去挑选，挑到好的，洗净了留起来玩。砗螯壳的铰合部有两个突出的尖嘴子，把尖嘴子在糙石上磨磨，不一会儿就磨出两个小圆洞，含在嘴里吹，呜呜地响，且有细细颤音，如风吹窗纸。

螺蛳处处有之。我们家乡清明吃螺蛳，谓可以明目。用五香煮熟螺蛳，分给孩子，一人半碗，由他们自己用竹签挑着吃。孩子吃了螺蛳，用小竹弓把螺蛳壳射到屋顶上，咔啦咔啦地响。夏天“检漏”，瓦匠总要扫下好些螺蛳壳。这种小弓不做别的用处，就叫作螺蛳弓，我在小说《戴车匠》里对螺蛳弓有较详细的描写。

蚬子是我所见过的贝类里最小的了，只有一粒瓜子大。蚬子是剥了壳卖的。剥蚬子的人家附近堆了好多蚬子壳，像一个坟头。蚬了炒韭菜，很下饭。这种东西非常便宜，为小户人家的恩物。

有一年修运河堤。按工程规定，有一段堤面应铺碎石，包工的贪污了款子，在堤面铺了一层蚬子壳。前来验收的委员，坐在汽车里，向外一看，白花花的一片，还抽着雪茄烟，连说：“很好！很好！”

我的家乡富水产。鱼中之名贵的是鳊鱼、白鱼（尤重翘嘴白）、鲟花鱼（即鳜鱼），谓之“鳊、白、鲟”。虾有青虾、白虾。蟹极肥。以无特点，故不及。

野鸭·鹌鹑·斑鸠·䴔

过去我们那里野鸭子很多。水乡，野鸭子自然多。秋冬之际，天上有时"过"野鸭子，黑乎乎的一大片，在地上可以听到它们鼓翅的声音，呼呼的，好像刮大风。野鸭子是枪打的（野鸭肉里常常有很细的铁砂子，吃时要小心），但打野鸭子的人自己不进城来卖。卖野鸭子有专门的摊子。有时卖鱼的也卖野鸭子，把一个养活鱼的木盆翻过来，野鸭一对一对地摆在盆底。卖野鸭子是不用秤约的，都是一对一对地卖。野鸭子是有一定分量的。依分量大小，有一定的名称，如"对鸭""八鸭"。哪一种有多大分量，我现在已经记不清了。卖野鸭子都是带毛的。卖野鸭子的可以代客当场去毛，拔野鸭毛是不能用开水烫的。野鸭子皮薄，一烫，皮就破了。干拔。卖野鸭子的把一只鸭子放入一个麻袋里，一手提鸭，一手拔毛，一会儿就拔净了。——放在麻袋里拔，是防止鸭毛飞散。代客拔毛，不另收费，卖野鸭子的只要那一点鸭毛。——野鸭毛是值钱的。

野鸭的吃法通常是切块红烧。清炖大概也可以吧，我没有吃过。野鸭子肉的特点是：细，"酥"，不像家鸭每每肉老。野鸭烧咸菜是我们那里的家常菜。里面的咸菜尤其是佐粥的妙品。

现在我们那里的野鸭子很少了。前几年我回乡一次，偶有，卖得很贵。原因据说是因为县里对各乡水利作了全面综合治理，过去的水荡子、荒滩少了，野鸭子无处栖息。而且，野鸭子过去是吃收割后遗撒在田里的谷粒的，现在收割得很干净，颗粒归仓，野鸭子没有什么可吃的，不来了。

鹌鹑是网捕的。我们那里吃鹌鹑的人家少，因为这东西只有由乡下的亲戚送来，市面上没有卖的。鹌鹑大都是用五香卤了吃。也有用油炸了的。鹌鹑能斗，但我们那里无斗鹌鹑的风气。

我看见过猎人打斑鸠。我在读初中的时候，午饭后，我到学校后面的野地里去玩。野地里有小河，有野蔷薇，有金黄色的茼蒿花，有苍耳（苍耳子有小钩刺，能挂在衣裤上，我们管它叫"万把钩"），有才抽穗的芦荻。在一片树林里，我发现一个猎人。我们那里猎人很少，我从来没有见过猎人，但是我一看见他，就知道：他是一个猎人。这个猎人给我一个非常猛厉的印象。他穿了一身黑，下面却缠了鲜红的绑腿。他很瘦。他的眼睛黑，而冷。他握着枪。他在干什么？树林上面飞过一只斑鸠。他在追逐这只斑鸠。斑鸠分明已经发现猎人了。它想逃脱。斑鸠飞到北面，在树上落一落，猎人一步一步往北走。斑鸠连忙往南面飞，猎人扬头看了一眼，斑鸠落定了，猎人又一步一步往南走，非常冷静。这是一场无声的，然而非常紧张的、坚持的较量。斑鸠来回飞，猎人来回走。我很奇怪，为什么斑鸠不往树林外面飞。这样几个来回，斑鸠慌了神了，它飞得不稳了，歪歪倒倒的，失去了原来均匀的节奏。忽然，砰，——枪声一响，斑鸠应声而落。猎人走过去，拾起斑鸠，看了看，装在猎袋里。他的眼睛很黑，很冷。

我在小说《异秉》里提到王二的熏烧摊子上，春天，卖一种叫作"鵽"的野味，鵽这种东西我在别处没看见过。"鵽"这个字很多人也不认得。多数字典里不收。《辞海》里倒有这个字，标音为（duò，又读 zhuā）。zhuā 与我乡读音较近，但我们那里是读入声的，这只有用国际音标才标得出来。即使用国际音标标出，在不知道"短促急收藏"的北方人也是读不出来的。《辞海》"鵽"

字条下注云："见鷚鸠"，似以为"鷚"即"鷚鸠"。而在"鷚鸠"条下注云："鸟名。雉属。即'沙鸡'。"这就不对了。沙鸡我是见过的，吃过的。内蒙古、张家口多出沙鸡。《尔雅·释鸟》郭璞注："出北方沙漠地"，不错。北京冬季偶尔也有卖的。沙鸡嘴短而红，腿也短。我们那里的鷚却是水鸟，嘴长，腿也长。鷚的滋味和沙鸡有天渊之别。沙鸡肉较粗，略带酸味；鷚肉极细，非常香。我一辈子没有吃过比鷚更香的野味。

蒌蒿·枸杞·荠菜·马齿苋

小说《大淖记事》："春初水暖，沙洲上冒出很多紫红色的芦芽和灰绿色的蒌蒿，很快就是一片翠绿了。"我在书页下方加了一条注："蒌蒿是生于水边的野草，粗如笔管，有节，生狭长的小叶，初生二寸来高，叫作'蒌蒿薹子'，加肉炒食极清香。……"蒌蒿的蒌字，我小时不知怎么写，后来偶然看了一本什么书，才知道的。这个字音"吕"。我小学有一个同班同学，姓吕，我们就给他起了个外号，叫"蒌蒿薹子"（蒌蒿薹子家开了一爿糖坊，小学毕业后未升学，我们看见他坐在糖坊里当小老板，觉得很滑稽）。但我查了几本字典，"蒌"都音"楼"，我有点恍惚了。"楼""吕"一声之转。许多从"娄"的字都读"吕"，如"屡""缕""褛"……这本来无所谓，读"楼"读"吕"，关系不大。但字典上都说蒌蒿是蒿之一种，即白蒿，我却有点不以为然了。我小说里写的蒌蒿和蒿其实不相干。读苏东坡《惠崇春江晚景》诗："竹外桃花三两枝，春江水暖鸭先知。蒌蒿满地芦芽短，正是河豚欲上时。"此蒌蒿生于水边，与芦芽为伴，分明是我的家乡人所吃的蒌蒿，非白蒿。或者“即白蒿”的蒌蒿别是一种，未可知矣。深望懂诗、懂植物学，也懂吃的博雅君子有以教我。

我的小说注文中所说的“极清香”，很不具体，嗅觉和味觉是很难比方，无法具体的。昔人以为荔枝味似软枣，实在是风马牛不相及。我所谓“清香”，即食时如坐在河边闻到新涨的春水的气味。这是实话，并非故作玄言。

枸杞到处都是。开花后结长圆形的小浆果，即枸杞子。我们叫它“狗奶子”，形状颇像。本地产的枸杞子没有入药的，大概不如宁夏产的好。枸杞是多年生植物。春天，冒出嫩叶，即枸杞头。枸杞头是容易采到的。偶尔也有近城的乡村的女孩子采了，放在竹篮里叫卖：“枸杞头来！……”枸杞头可下油盐炒食；或用开水焯了，切碎，加香油、酱油、醋，凉拌了吃。那滋味，也只能说“极清香”。春天吃枸杞头，云可以清火，如北方人吃苣荬菜一样。

“三月三，荠菜花赛牡丹。”俗谓是日以荠菜花置灶上，则蚂蚁不上锅台。

北京也偶有荠菜卖。菜市上卖的是园子里种的，茎白叶大，颜色较野生者浅淡，无香气。农贸市场间有南方的老太太挑了野生的来卖，则又过于细瘦，如一团乱发，制熟后强硬扎嘴。总不如南方野生的有味。

江南人惯用荠菜包春卷，包馄饨，甚佳。我们家乡有用来包春卷的，用来包馄饨的没有，——我们家乡没有“菜肉馄饨”。一般是凉拌。荠菜焯熟剁碎，界首茶干切细丁，入虾米，同拌。这道菜是可以上酒席做凉菜的。酒席上的凉拌荠菜都用手抟成一座尖塔，临吃推倒。

马齿苋现在很少有人吃。古代这是相当重要的菜蔬。苋分人苋、马苋。人苋即今苋菜，马苋即马齿苋。我的祖母每于夏天摘肥嫩的马齿苋晾干，过年时作馅包包子。她是吃长斋的，这种包子只有她一个人吃。我有时从她的盘子里拿一个，蘸了香油吃，挺香。马齿苋有点淡淡的酸味。

马齿苋开花，花瓣如一小囊。我们有时捉了一个哑巴知了，——知了是应该会叫的，捉住一个哑巴，多么扫兴！于是就摘了两个马齿苋的花瓣套住它的眼睛，——马齿苋花瓣套知了眼睛正合适，一撒手，这知了就拼命往高处飞，一直飞到看不见！

三年自然灾害，我在张家口沙岭子吃过不少马齿苋。那时候，这是宝物！

注释

原载《雨花》一九八六年第五期。

故乡的野菜

荠菜。荠菜是野菜，但在我的家乡却是可以上席的。我们那里，一般的酒席，开头都有八个凉碟，在客人入席前即已摆好。通常是火腿、变蛋（松花蛋）、风鸡、酱鸭、油爆虾（或呛虾）、蚶子（是从外面运来的，我们那里不产）、咸鸭蛋之类。若是春天，就会有两样应时凉拌小菜：杨花萝卜（即北京的小水萝卜）切细丝拌海蜇，和拌荠菜。荠菜焯过，碎切，和香干细丁同拌加姜米，浇以麻油酱醋，或用虾米，或不用，均可。这道菜常抟成宝塔形，临吃推倒，拌匀。拌荠菜总是受欢迎的，吃个新鲜。凡野菜，都有一种园种的蔬菜所缺少的清香。

荠菜大都是凉拌，炒荠菜很少人吃。荠菜可包春卷，包圆子（汤团）。江南人用荠菜包馄饨，称为菜肉馄饨，亦称“大馄饨”。我们那里没有用荠菜包馄饨的。我们那里的面店中所卖的馄饨都是纯肉馅的馄饨，即江南所说的“小馄饨”。没有“大馄饨”。我在北京的一家有名的家庭餐馆吃过这一家的一道名菜：翡翠蛋羹。一个汤碗里一边是蛋羹，一边是荠菜，一边嫩黄，一边碧绿，绝不混淆，吃时搅在一起。这种讲究的吃法，我们家乡没有。

枸杞头。春天的早晨，尤其是下了一场小雨之后，就可听到叫卖枸杞头的声音。卖枸杞头的多是附郭近村的女孩子，声音很脆，极能传远：“卖枸杞头来！”枸杞头放在一个竹篮子里，一种长圆形的竹篮，叫作元宝篮子。枸杞头带着雨水，女孩子的声音也带着雨水。枸杞头不值什么钱，也从不用秤约，给几个钱，她们就能把整篮子倒给你。女孩子也不把这当作正经买卖，卖一点钱，够打一瓶梳头油就行了。

自己去摘，也不费事。一会儿工夫，就能摘一堆。枸杞到处都是。我的小学的操场原是祭天地的空地，叫作“天地坛”。天地坛的四边围墙的墙根，长的都是这东西。枸杞夏天开小白花，秋天结很多小果子，即枸杞子，我们小时候叫它“狗奶子”，因为很像狗的奶子。

枸杞头也都是凉拌，清香似尤甚于荠菜。

蒌蒿。小说《大淖记事》：“春初水暖，沙洲上冒出很多紫红色的芦芽和灰绿色的蒌蒿，很快就是一片翠绿了。”我在书页下面加了一条注：“蒌蒿是生于水边的野草，粗如笔管，有节，生狭长的小叶，初生二寸来高，叫作‘蒌蒿薹子’，加肉炒食极清香。……”蒌蒿，字典上都注“蒌”音楼，蒿之一种，即白蒿。我以为蒌蒿不是蒿之一种，蒌蒿掐断，没有那种蒿子气，倒是有一种水草气。苏东坡诗：“蒌蒿满地芦芽短”，以蒌蒿与芦芽并举，证明是水边的植物，就是我的家乡所说“蒌蒿薹子”。“蒌”字我的家乡不读楼，读吕。蒌蒿好像都是和瘦猪肉同炒，素炒好像没有。我小时候非常爱吃炒蒌蒿薹子。桌上有一盘炒蒌蒿薹子，我就非常兴奋，胃口大开。蒌蒿薹子除了清香，还有就是很脆，嚼之有声。

荠菜、枸杞我在外地偶尔吃过，蒌蒿薹子自十九岁离乡后从未吃过，非常想念。去年我的家乡有人开了汽车到北京来办事，我的弟妹托他们带了一塑料袋蒌蒿薹子来，因为路上耽搁，到北京时已经焐坏了。我挑了一些还不及烂的，炒了一盘，还有那么一点意思。

马齿苋。中国古代吃马齿苋是很普遍的，马苋与人苋（即红白苋菜）并提。后来不知怎么吃的人少了。我的祖母每年夏天都要摘一些马齿苋，晾干了，过年包包子。我的家乡普通人家平常是不包包子的，只有过年才包，自己家里人吃，有客人来蒸一盘待客。不是家里人包的。一般的家庭妇女不会包，都是备了面、馅，请包子店里的师傅到家里做，做一上午，就够正月里吃了。我的祖母吃长斋，她的马齿苋包子只有她自己吃。我尝过一个，马齿苋有点酸酸的味道，不难吃，也不好吃。

马齿苋南北皆有。我在北京的甘家口住过，离玉渊潭很近，玉渊潭马齿苋极多。北京人叫作马苋儿菜，吃的人很少。养鸟的拔了喂画眉。据说画眉吃了能清火。画眉还会有“火”么？

莼菜。第一次喝莼菜汤是在杭州西湖的楼外楼，一九四八年四月。这以前我没有吃过莼菜，也没有见过。我的家乡人大都不知莼菜为何物。但是秦少游有《以莼姜法鱼糟蟹寄子瞻》诗，则高邮原来是有莼菜的。诗最后一句是“泽居备礼无麋鹿”，秦少游当时盖在高邮居住，送给苏东坡的是高邮的土产。高邮现在还有没有莼菜，什么时候回高邮，我得调查调查。

明朝的时候，我的家乡出过一个散曲作家王磐。王磐字鸿渐，号西楼，散曲作品有《西楼乐府》。王磐当时名声很大，与散曲大家陈大声并称为“南曲之冠”。王西楼还是画家。高邮现在还有一句歇后语：“王西楼嫁女儿——画（话）多银子少。”王西楼有一本有点特别的著作：《野菜谱》。《野菜谱》收野菜五十二种。五十二种中有些我是认识的，如白鼓钉（蒲公英）、蒲儿根、马兰头、青蒿儿（即茵陈蒿）、枸杞头、野菉豆、蒌蒿、荠菜儿、马齿苋、灰条。江南人重马兰头。小时读周作人的《故乡的野菜》，提到儿歌：“荠菜马兰头，姐姐嫁在后门头”，很是向往，但是我的家乡是不大有人吃的。灰条的“条”字，正字应是“藋”，通称灰菜。这东西我的家乡不吃。我第一次吃灰菜是在一个山东同学的家里，蘸了稀面，蒸熟，就烂蒜，别具滋味。后来在昆明黄土坡一中学教书，学校发不出薪水，我们时常断炊，就掳了灰菜来炒了吃。在北京我也摘过灰菜炒食。有一次发现钓鱼台国宾馆的墙外长了很多灰菜，极肥嫩，就弯下腰来摘了好些，装在书包里。门卫发现，走过来问：“你干什么？”他大概以为我在埋定时炸弹。我把书包里的灰菜抓出来给他看，他没有再说什么，走开了。灰菜有点碱味，我很喜欢这种味道。王西楼《野菜谱》中有一些，我不但没有吃过，见过，连听都没听说过，如：“燕子不来香”“油灼灼”……

《野菜谱》上文下图。图画的是这种野菜的样子，文则简单地说这种野菜的生长季节，吃法。文后皆系以一诗，一首近似谣曲的小乐府，都是借题发挥，以野菜名起兴，写人民疾苦。如：

眼子菜

眼子菜，如张目，年年盼春怀布谷，犹向秋来望时熟。何事频年倦不开，愁看四野波漂屋。

猫耳朵

猫耳朵，听我歌，今年水患伤田禾，仓廪空虚鼠弃窝，猫兮猫兮将奈何！

江　荠

江荠青青江水绿，江边挑菜女儿哭。爷娘新死兄趁熟，止存我与妹看屋。

抱娘蒿

抱娘蒿，结根牢，解不散，如漆胶。君不见昨朝儿卖客船上，儿抱娘哭不肯放。

这些诗的感情都很真挚，读之令人酸鼻。我的家乡本是个穷地方，灾荒很多，主要是水灾，家破人亡，卖儿卖女的事是常有的。我小时就见过。现在水利大有改进，去年那样的特大洪水，也没死一个人，王西楼所写的悲惨景象不复存在了。想到这一点，我为我的家乡感到欣慰。过去，我的家乡人吃野菜主要是为了度荒，现在吃野菜则是为了尝新了。哦，我的家乡的野菜！

一九九二年四月十四日

注释

原载《钟山》一九九二年第三期。

王磐的《野菜谱》

我对王西楼很感兴趣。他是明代的散曲大家。我的家乡会出一个散曲作家，我总觉得是奇怪的事。王西楼写散曲，在我的家乡可以说是空前绝后，在他以前，他的同时和以后，都不会听说有别的写散曲的。西楼名磐，字鸿渐，少时薄科举，不应试，在高邮城西筑楼居住，与当时文士谈咏其间，自号西楼。高邮城西濒临运河，王西楼的名曲《朝天子·咏喇叭》："官船来往乱如麻，全仗你，抬声价"，正是运河堤上所见。我小时还在堤上见过接送官船的"接官厅"。高邮很多人知道王西楼，倒不是因为他写散曲。我在亲戚家的藏书中没有见过一本《西楼乐府》，不少人甚至不知“散曲”为何物。大多数市民知道王西楼是个画家。高邮到现在还流传一句歇后语：“王西楼嫁女儿——画（话）多银子少。”关于王西楼的画，有一些近乎神话似的传说，但是他的画一张也没有留下来。早就听说他还著了一部《野菜谱》，没有见过，深以为憾。近承朱延庆君托其友人于扬州师范学院图书馆所藏陶珽重编《说郛》中查到，影印了一册寄给我，快读一过，对王西楼增加了一分了解。

留心可以度荒的草木，绘成图谱，似乎是明朝人的一种风气。朱元璋的第五个儿子朱橚就曾搜集了可以充饥的草木四百余种，在自己的园圃里栽种，叫画工依照实物绘图，加了说明，编了一部《救荒本草》。王磐是个庶民，当然不能像朱橚那样雇人编绘了那样卷帙浩繁的大书。编了，也刻不起。他的《野菜谱》只收了五十二种，不过那都是他目验、亲尝、自题、手绘的。而且多半是自己掏钱刻印的，——谁愿意刻这种无名利可图的杂书呢？他的用心是可贵的，也是感人的。

《野菜谱》卷首只有简单的题署：

野菜谱

高邮王鸿渐

无序跋，亦无刊刻的年月。我以为这书是可信的，这种书不会有人假冒。

五十二种野菜中，我所认识的只有：白鼓钉（蒲公英）、蒲儿根、马兰头、青蒿儿（即茵陈蒿）、枸杞头、野菉豆、蒌蒿、荠菜儿、马齿苋、灰条。其余的不但不识，连听都没听说过，如

“燕子不来香”“油灼灼”……

《野菜谱》上文下图。文约占五分之三，图占五分之二。文，在菜名后有两三行说明，大都是采食的时间及吃法，如：

> **白鼓钉**
>
> 名蒲公英，四时皆有，唯极寒天小而可用，采之熟食。

后面是近似谣曲的通俗的乐府短诗，多是以菜名起兴，抒发感慨，嗟叹民生的疾苦。穷人吃野菜是为了度荒，没有为了尝新而挑菜的。我的家乡很穷，因为多水患，《野菜谱》几处提及，如：

> **眼子菜**
>
> 眼子菜，如张目，年年盼春怀布谷，犹向秋来望时熟。何事频年倦不开，愁看四野波漂屋。

> **猫耳朵**
>
> 猫耳朵，听我歌，今年水患伤田禾，仓廪空虚鼠弃窝，猫兮猫兮将奈何！

灾荒年月，弃家逃亡，卖儿卖女，是常见的事，《野菜谱》有一些小诗，写得很悲惨，如：

> **江　荠**
>
> 江荠青青江水绿，江边挑菜女儿哭。爹娘新死兄趁

熟，止存我与妹看屋。

抱娘蒿

抱娘蒿，结根牢，解不散，如漆胶。君不见昨朝儿卖客船上，儿抱娘哭不肯放。

读了这样的诗，我们可以理解王磐为什么要写《野菜谱》，他和朱橚编《救荒本草》的用意是不相同的。同时也让我们知道，王磐怎么会写出《朝天子·咏喇叭》那样的散曲。我们不得不想到一个多年来人们不爱用的词儿：人民性。我觉得王磐与和他被并称为“南曲之冠”的陈大声有所不同。陈大声不免油滑，而王磐的感情是诚笃的。

《野菜谱》的画不是作为艺术作品来画的，只求形肖。但是王磐是画家，昔人评其画品“天机独到”，原作绝不会如此的毫无笔力。《说郛》本是复刻的，刻工不佳，我非常希望能看到初刻本。

我觉得对王西楼的评价应该调高一些，这不是因为我是高邮人。

一九八九年七月三日

注释

原载《中国文化》一九九〇年第二期。

岁交春

今年春节大年初一立春，是“岁交春”，这是很难得的。语云：“千年难逢龙华会，万年难逢岁交春。”一万年，当然是不需要的，但总是很少见。我今年七十二岁了，好像头一回赶上。岁交春，是很吉利的，这一年会风调雨顺，那敢情好。

中国过去对立春是很重视的。“春打六九头”，到了六九，不会再有很冷的天，是真正的春天了。“农人告余以春及，将有事于西畴”，是准备春耕的时候了。这是个充满希望的节气。

宋朝的时候，立春前一天，地方官要备泥牛，送入宫内，让宫人用柳条鞭打，谓之

"鞭春"。"打春"之说，盖始于宋。

我的家乡则在立春日有穷人制泥牛送到各家，牛五六寸至尺许大，涂了颜色。有的还有一个小泥人，是芒神，我的家乡不知道为什么叫他"奥芒子"。送到时，用唢呐吹短曲，供之神案上，可以得到一点赏钱，叫作"送春牛"。老年间的皇历上都印有"春牛图"，注明牛是什么颜色，芒神着什么颜色的衣裳。这些颜色不知是根据什么规定的。送春牛仪式并不隆重，但我很愿意站在旁边看，而且有一种说不出来的感动。

北方人立春要吃萝卜，谓之"咬春"，春而可咬，很有诗意。这天要吃生菜，多用新葱、青韭、蒜黄，叫作"五辛盘"。生菜是卷饼吃的。陈元靓《岁时广记》引《唐四时宝镜》："立春日，食芦菔、春饼、生菜，号'春盘'。"《北平风俗类征·岁时》："是月如遇立春……富家食春饼。备酱熏及炉烧盐腌各肉，并各色炒菜，如菠菜、豆芽菜、干粉、鸡蛋等，而以面粉烙薄饼卷而食之，故又名薄饼。"

吃春饼不一定是北方人。据我所知，福建人也是爱吃的，办法和北京人也差不多。我在舒婷家就吃过。

就要立春了，而且是"岁交春"，我颇有点兴奋，这好像有点孩子气，原因就是那天可以吃春饼。作打油诗一首，以志兴奋：

不觉七旬过二矣，
何期幸遇岁交春。
鸡豚早办须兼味，
生菜偏宜簇五辛。
薄禄何如饼在手，

浮名得似酒盈樽？
寻常一饱增惭愧，
待看沿河柳色新。

一九九二年一月十五日

注释

原载一九九二年一月二十一日《大众日报》。

蚕豆

北京快有新蚕豆卖了。

我小时候吃蚕豆，就想过这个问题：为什么叫蚕豆？到了很大的岁数，才明白过来：因为这是养蚕的时候吃的豆。我家附近没有养蚕的，所以联想不起来。四川叫胡豆，我觉得没有道理。中国把从外国来的东西冠之以胡、番、洋，如番茄、洋葱。但是蚕豆似乎是中国本土上早就有的，何以也加一“胡”字？四川人也有写作“葫豆”的，也没有道理。葫是大蒜。这种豆和大蒜有什么关系？也许是因为这种豆结荚的时候也正是大蒜结球的时候？这似乎也是勉强。小时候读鲁迅的文章，提到罗汉豆，叫我好一阵猜，想象不出是怎样一种豆。后来才知道，嗐，就是蚕豆。鲁迅当然是知道全国大多数地方是叫蚕豆的，偏要这样写，想是因为这样写才有绍兴特点，才亲切。

蚕豆是很好吃的东西，可以当菜，也可以当零食。各种做法，都好吃。

我的家乡，嫩蚕豆连内皮炒。或加一点切碎的咸菜，尤妙。稍老一点，就剥去内皮炒豆瓣。有时在炒红苋菜时加几个绿蚕豆瓣，颜色鲜明，也能提味。有一个女同志曾在我家乡的乡下落户，说房东给她们做饭时在鸡蛋汤里放一点蚕豆瓣，说是非常好吃。这是乡下做法，城里没有这么做的。蚕豆老了，就连皮煮熟，加点盐，可以下酒，也可以白嘴吃。有人家将煮熟的大粒蚕豆用线穿成一挂佛珠，给孩子挂在脖子上，一颗一颗地剥了吃，孩子没有不高兴的。

江南人吃蚕豆与我们乡下大体相似。上海一带的人把较老的蚕豆剥去内皮，香油炒成蚕豆泥，好吃。用以佐粥，尤佳。

四川、云南吃蚕豆和苏南、苏北人亦相似。云南季节似比江南略早。前年我随作家访问团到昆明，住翠湖宾馆。吃饭时让大家点菜。我点了一个炒豌豆米，一个炒青蚕豆，作家下箸后都说："汪老真会点菜！"其时北方尚未见青蚕豆，故觉得新鲜。

北京人是不大懂吃新鲜蚕豆的。北京人爱吃扁豆、豇豆，而对蚕豆不赏识。因为北京人很少种蚕豆，蚕豆不能对北京人有鲁迅所说的"蛊惑"。北京的蚕豆是从南方运来的，卖蚕豆的也多是南方人。南豆北调，已失新鲜，但毕竟是蚕豆。

蚕豆到"落而为箕"，晒干后即为老蚕豆。老蚕豆仍可做菜。老蚕豆浸水生芽，江南人谓之为"发芽豆"，加盐及香料煮熟，是下酒菜。我的家乡叫“烂蚕豆”。北京人加一个字，叫作“烂和蚕豆”。我在民间文艺研究会工作的时候，在演乐胡同上班，每天下班都见一个老人卖烂和蚕豆。这老人至少有七十大几了，头发和两腮的短髭都已经是雪白的了。他挎着一个腰圆的木盆，慢慢地从胡同这头到那头，哑声吆喝着：“烂和蚕豆……”后来老人不知得了什么病，头抬不起来，但还是折倒了颈子，埋着头，卖烂和蚕豆，只是不再吆喝了。又过些日子，老人不见了，我想是死了。不知道为什么，我每次吃烂和蚕豆，总会想起这位老人。我想的是什么呢？人的生活啊……

老蚕豆可炒食。一种是水泡后炒的，叫“酥蚕豆”。我的家乡叫“沙蚕豆”。一种是以干蚕豆入锅炒的，极硬，北京叫“铁蚕豆”。非极好牙口，是吃不了铁蚕豆的。北京有句歇后语：“老太太吃铁蚕豆——闷了。”我想没有哪个老太太会吃铁蚕豆，一颗铁蚕豆闷软和了，得多长时间！我的老师沈从文先生在中老胡同住的时候，每天有一个骑着自行车卖铁蚕豆的从他的后墙窗外经过，吆喝“铁蚕豆”……这人是个中年汉子，是个出色的男高音，他的声音不但高、亮、打远，而且尾音带颤。其时沈先生正因为遭受迫害而精神紧张，我觉得这卖铁蚕豆的声音也会给他一种压力，因此我忘不了铁蚕豆。

蚕豆作零食，有：

入水稍泡，油炸。北京叫“开花豆”。我的家乡叫“兰花豆”，因为炸之前在豆嘴上剁一刀，炸后豆瓣四裂，向外翻开，形似兰花。

上海老城隍庙奶油五香豆。

苏州有油酥豆板，乃以绿蚕豆瓣入油炸成。我记得从前的油酥豆板是撒盐的，后来吃的却是裹了糖的，没有加盐的好吃。

四川北碚的怪味胡豆味道真怪，酥、脆、咸、甜、麻、辣。

蚕豆可作调料。做川味菜离不开郫县豆瓣。我家里郫县豆瓣是周年不缺的。

北京就快有青蚕豆卖了，谷雨已经过了。

注释

原载《旅潮》一九九二年七、八月号。

豆腐

豆腐点得比较老的，为北豆腐。听说张家口地区有一个堡里的豆腐能用秤钩勾起来，扛着秤杆走几十里路。这是豆腐吗？点得较嫩的是南豆腐。再嫩即为豆腐脑。比豆腐脑稍老一点的，有北京的“老豆腐”和四川的豆花。比豆腐脑更嫩的是湖南的水豆腐。

豆腐压紧成形，是豆腐干。

卷在白布层中压成大张的薄片，是豆腐片。东北叫干豆腐。压得紧而且更薄的，南方叫百叶或千张。

豆浆锅的表面凝结的一层薄皮撩起晾干，叫豆腐皮，或叫油皮。我的家乡则简单地叫作皮子。

豆腐最简便的吃法是拌。买回来就能拌。或入开水锅略烫，去豆腥气。不可久烫，久烫则豆腐收缩发硬。香椿拌豆腐是拌豆腐里的上上品。嫩香椿头，芽叶未舒，颜色紫赤，嗅之香气扑鼻，入开水稍烫，梗叶转为碧绿，捞出，揉以细盐，候冷，切为碎末，与豆腐同拌（以南豆腐为佳），下香油数滴。一箸入口，三春不忘。香椿头只卖得数日，过此则叶绿梗硬，香气大减。其次是小葱拌豆腐。北京有歇后语："小葱拌豆腐——一青二白"，可见这是北京人家家都吃的小菜。拌豆腐特宜小葱，小葱嫩、香。葱粗如指，用以拌豆腐，滋味即减。我和林斤澜在武夷山，住一招待所。斤澜爱吃拌豆腐，招待所每餐皆上拌豆腐一大盘，但与豆腐同拌的是青蒜。青蒜炒回锅肉甚佳，以拌豆腐，配搭不当。北京人有用韭菜花、青椒糊拌豆腐的，这是侉吃法，南方人不敢领教。而南方人吃的松花蛋拌豆腐，北方人也觉得岂有此理。这是一道上海菜，我第一次吃到却是在香港的一家上海饭馆里，是吃阳澄湖大闸蟹之前的一道凉菜。北豆腐、松花蛋切成小骰子块，同拌，无姜汁蒜泥，只少放一点盐而已。好吃吗？用上海话说：蛮崭格！用北方话说：旱香瓜——另一个味儿。咸鸭蛋拌豆腐也是南方菜，但必须用敝乡所产"高邮咸蛋"。高邮咸蛋蛋黄色如朱砂，多油，和豆腐拌在一起，红白相间，只是颜色即可使人胃口大开。别处的咸鸭蛋，尤其是北方的，蛋黄色浅，又无油，却不中吃。

烧豆腐大体可分为两大类：用油煎过再加料烧的；不过油煎的。

北豆腐切成厚二分的长方块，热锅温油两面煎。油不必多，因豆腐不吃油。最好用平底锅煎。不要煎得太老，稍结薄壳，表面发皱，即可铲出，是名"虎皮"。用已备好的肥瘦各半熟猪肉，切大片，下锅略煸，加葱、姜、蒜、酱油、绵白糖，兑入原猪肉汤，将豆腐推入，加盖猛火煮二三开，即放小火咕嘟。约十五分钟，收汤，即可装盘。这就是“虎皮豆腐”。如加冬菇、虾米、辣椒及豆豉即是“家乡豆腐”。或加菌油，即是湖南有名的“菌油豆腐”——菌油豆腐也有不用油煎的。

“文思和尚豆腐”是清代扬州有名的素菜，好几本菜谱著录，但我在扬州一带的寺庙和素菜馆的菜单上都没有见到过。不知道文思和尚豆腐是过油煎了的，还是不过油煎的。我无端地觉得是油煎了的，而且无端地觉得是用黄豆芽吊汤，加了上好的口蘑或香蕈、竹笋，用极好秋油，文火熬成。什么时候材料凑手，我将根据想象，试做一次文思和尚豆腐。我的文思和尚豆腐将是素菜荤做，放猪油，放虾子。

虎皮豆腐切大片，不过油煎的烧豆腐则宜切块，六七分见方。北方小饭铺里肉末烧豆腐，是常备菜。肉末烧豆腐亦称家常豆腐。烧豆腐里的翘楚，是麻婆豆腐。相传有陈婆婆，脸上有几粒麻子，在乡场上摆一个饭摊，挑油的脚夫路过，常到她的饭摊上吃饭，陈婆婆把油桶底下剩的油刮下来，给他们烧豆腐。后来大人先生也特意来吃她烧的豆腐。于是麻婆豆腐闻名遐迩。陈麻婆是个值得纪念的人物，中国烹饪史上应为她大书一笔，因为麻婆豆腐确实很好吃。做麻婆豆腐的要领是：一要油多。二要用牛肉末。我曾做过多次麻婆豆腐，都不是那个味儿，后来才知道我用的是瘦猪肉末。牛肉末不能用猪肉末代替。三是要用郫县豆瓣。豆瓣须剁碎。四是要用文火，俟汤汁渐渐收入豆腐，才起锅。五是起锅时要撒一层川花椒末。一定得用川花椒，即名为“大红袍”者。用山西、河北花椒，味道即差。六是盛出就吃。如果正在喝酒说话，应该把说话的嘴腾出来。麻婆豆腐必须是：麻、辣、烫。

昆明最便宜的小饭铺里有小炒豆腐。猪肉末，肥瘦，豆腐捏碎，同炒，加酱油，起锅时下葱花。这道菜便宜，实惠，好吃。不加酱油而用盐，与番茄同炒，即为番茄炒豆腐。番茄须烫过，撕去皮，炒至成酱，番茄汁渗入豆腐，乃佳。

砂锅豆腐须有好汤，骨头汤或肉汤，小火炖，至豆腐起蜂窝，方好。砂锅鱼头豆腐，用花鲢（即胖头鱼）头，劈为两半，下冬菇、扁尖（腌青笋）、海米，汤清而味厚，非海参鱼翅可及。

“汪豆腐”好像是我的家乡菜。豆腐切成指甲盖大的小薄片，推入虾子酱油汤中，滚几开，勾薄芡，盛大碗中，浇一勺熟猪油，即得。叫作“汪豆腐”，大概因为上面泛着一层油。用勺舀了吃。吃时要小心，不能性急，因为很烫。滚开的豆腐，上面又是滚开的油，吃急了会烫坏舌头。我的家乡人喜欢吃烫的东西，语云：“一烫抵三鲜。”乡下人家来了客，大都做一个汪豆腐应急。周巷汪豆腐很有名。我没有到过周巷，周巷汪豆腐好，我想无非是虾子多，油多。近年高邮新出一道名菜：雪花豆腐，用盐，不用酱油。我想给家乡的厨师出个主意：加入蟹白（雄蟹白的油即蟹的精子），这样雪花豆腐就更名贵了。

不知道为什么，北京的老豆腐现在见不着了，过去卖老豆腐的摊子是很多的。老豆腐其实并不老，老，也许是和豆腐脑相对而言。老豆腐的作料很简单：芝麻酱、腌韭菜末。爱吃辣的浇一勺青椒糊。坐在街边摊头的矮脚长凳上，要一碗老豆腐，就半斤旋烙的大饼，夹一个薄脆，是一顿好饭。

四川豆花是很妙的东西，我和几个作家到四川旅游，在乐山吃饭。几位作家都去了大馆子，我和林斤澜钻进一家只有穿草鞋的乡下人光顾的小店，一人要了一碗豆花。豆花只是一碗白汤，啥都没有。豆花用筷子夹出来，蘸“味碟”里的作料吃。味碟里主要是豆瓣。我和斤澜各吃了一碗热腾腾的白米饭，很美。豆花汤里或加切碎的青菜，则为“菜豆花”。北京的豆花庄的豆花乃以鸡汤煨成，过于讲究，不如乡坝头的豆花存其本味。

北京的豆腐脑过去浇羊肉口蘑渣熬成的卤。羊肉是好羊肉，口蘑渣是碎黑片蘑，还要加一勺蒜泥水。现在的卤，羊肉极少，不放口蘑，只是一锅稠糊糊的酱油黏汁而已。即便是过去浇卤的豆腐脑，我觉得也不如我们家乡的豆腐脑。我们那里的豆腐脑温在紫铜扁钵的锅里，用紫铜平勺盛在碗里，加秋油、滴醋、一点点麻油，小虾米、榨菜末、芹菜（药芹即水芹菜）末。清清爽爽，而多滋味。

中国豆腐的做法多矣，不胜记载。四川作家高缨请我们在乐山的山上吃过一次豆腐宴，豆腐十好几样，风味各别，不相雷同。特别是豆腐的质量极好。掌勺的老师傅从磨豆腐到烹制，都是亲自为之，绝不假手旁人。这一顿豆腐宴可称寰中一绝！

豆腐干南北皆有。北京的豆腐干比较有特点的是熏干。熏干切长片拌芹菜，很好。熏干的烟熏味和芹菜的芹菜香相得益彰。花干、苏州干是从南边传过来的，北京原先没有。北京的苏州干只是用味精取鲜，苏州的小豆腐干是用酱油、糖、冬菇汤煮出后晾得半干的，味长而耐嚼。从苏州上车，买两包小豆腐干，可以一直嚼到郑州。香干亦称茶干。我在小说《茶干》中有较细的描述：

> ……豆腐出净渣，装在一个一个小蒲包里，包口扎紧，入锅，码好，投料，加上好抽油，上面用石头压

> 实，文火煨煮，要煮很长时间。煮得了，再一块一块从蒲包里倒出来，这种茶干是圆形的，周围较厚、中间较薄，周身有蒲包压出来的细纹……这种茶干外皮是深紫色的，掰开了，里面是浅褐色的。很结实，嚼起来很有咬劲，越嚼越香，是佐茶的妙品，所以，叫作“茶干”。

茶干原出界首镇，故称“界首茶干”。据说乾隆南巡，过界首，曾经品尝过。

干丝是淮扬名菜。大方豆腐干，快刀横披为片，刀工好的师傅一块豆腐干能片十六片；再立刀切为细丝。这种豆腐干是特制的，极坚致，切丝不断，又绵软，易吸汤汁。旧本只有拌干丝。干丝入开水略煮，捞出后装高足浅碗，浇麻油酱醋。青蒜切寸段，略焯，五香花生米搓去皮，同拌，尤妙。煮干丝的兴起也就是五六十年的事。干丝母鸡汤煮，加开阳（大虾米）、火腿丝。我很留恋拌干丝，因为味道清爽，现在只能吃到煮干丝了。干丝本不是“菜”，只是吃包子烧卖的茶馆里，在上点心之前喝茶时的闲食。现在则是全国各地淮扬菜系的饭馆里都预备了。我在北京常做煮干丝，成了我们家的保留节目。北京很少遇到大白豆腐干，只能用豆腐片或百叶切丝代替。口感稍差，味道却不逊色，因为我的煮干丝里下了干贝。煮干丝没有什么诀窍，什么鲜东西都可往里搁。干丝上桌前要放细切的姜丝，要嫩姜。

臭豆腐是中国人的一大发明。我在上海、武汉都吃过。长沙火宫殿的臭豆腐毛泽东年轻时常去吃。后来回长沙，又特意去吃了一次，说了一句话：“火宫殿的臭豆腐还是好吃。”这就成了“最高指示”，写在照壁上，火宫殿的臭豆腐遂成全国第一。油炸臭豆腐干，宜放辣椒酱、青蒜。南京夫子庙的臭豆腐干是小方块，用竹签像冰糖葫芦似的串起来卖，一串八块。昆明的臭豆腐不用油炸，在炭火盆上搁一个铁箅子，臭豆腐干放在上面烤焦，别有风味。

在安徽屯溪吃过霉豆腐，长条豆腐，长了二寸长的白色的绒毛，在平底锅中煎熟，蘸酱油辣椒青蒜吃。凡到屯溪者，都要去尝尝。

豆腐乳各地都有。我在江西进贤参加土改，那里的农民家家都做腐乳。进贤原来很穷，没有什么菜吃，顿顿都用豆腐乳下饭。做豆腐乳，放大量辣椒面，还放柚子皮，味道非常强烈。广西桂林、四川忠县、云南路南所出豆腐乳都很有名，各有特点。乳腐肉是苏州松鹤楼的名菜，肉味浓醇，入口即化。广东点心很多都放豆腐乳，叫作“南乳 ×× 饼”。

南方人爱吃百叶。百叶结烧肉是宁波、上海人家常吃的菜。上海老城隍庙的小吃店里卖百叶结：百叶包一点肉馅，打成结，煮在汤里，要吃，随时盛一碗。一碗也就是四五只百叶结。北方的百叶缺韧性，打不成结，一打结就断。百叶可入臭卤中腌臭，谓之“臭千张”。

杭州知味观有一道名菜：炸响铃。豆腐皮（如过干，要少润一点水），瘦肉剁成细馅，加葱花细姜末，入盐，把肉馅包在豆腐皮内，成一卷，用刀剁成寸许长的小段，下油锅炸得馅熟皮酥，即可捞出。油温不可太高，太高豆皮易煳。这菜嚼起来发脆响，形略似铃，故名响铃。做法其实并不复杂。肉剁极碎，成泥状（最好用刀背剁），平摊在豆腐皮上，折叠起来，如小钱包大，入油炸，亦佳。不入油炸，而以酱油冬菇汤煮，豆皮层中有汁，甚美。北京东安市场拐角处解放前有一家肉店宝华春，兼卖南味熟肉，卖一种酒菜：豆腐皮切细条，在酱肉汤中煮透，捞出，晾至微干，很好吃，不贵。现在宝华春已经没有了。豆腐皮可做汤。炖酥腰（猪腰炖汤）里放一点豆腐皮，则汤色雪白。

一九九二年六月二十五日

注释

原载《小说林》一九九二年第五期。

干丝

南京、镇江、扬州、高邮、淮安都有干丝。发源地我想是扬州。这是淮扬菜系的代表作之一，很多菜谱都著录。但其实这不是“菜”。干丝不是下饭的，是佐茶的。

扬州一带人有吃早茶的习惯。人说扬州人“早上皮包水，晚上水包皮”。“水包皮”是洗澡，“皮包水”是喝茶。“扬八属”各县都有许多茶馆。上茶馆不只是喝茶，是要吃包子点心的。这有点像广东的“饮茶”。不过广东的茶楼是由服务员（过去叫“伙计”）推着小车，内置包点，由茶客手指索要，扬州的茶馆是由客人一次点齐，陆续搬上。包点是现做现蒸，总是等一些时候，一般上茶馆的大都要一个干丝。一边喝茶，吃干丝，既消磨时间，也调动胃口。

一种特制的豆腐干，较大而方，用薄刃快刀片成薄片，再切为细丝，这便是干丝。讲究一块豆腐干要片十六片，切丝细如马尾，一根不断。

最初似只有烫干丝。干丝在开水锅中烫后，滗去水，在碗里堆成宝塔状，浇以麻油、好酱油、醋，即可下箸。过去盛干丝的碗是特制的，白地青花，碗足稍高，碗腹较深，敞口，这样拌起干丝来好拌。现在则是一只普通的大碗了。我父亲常带了一包五香花生米，搓去外皮，携青蒜一把，嘱堂倌切寸段，稍烫一烫，与干丝同拌，别有滋味。这大概是他的发明。干丝喷香，茶泡两开正好，吃一箸干丝，喝半杯茶，很美！扬州人喝茶爱喝"双拼"，倾龙井、香片各一包，入壶同泡，殊不足取。总算还好，没有把乌龙茶和龙井掺和在一起。

煮干丝不知起于何时，用小虾米吊汤，投干丝入锅，下火腿丝、鸡丝，煮至入味，即可上桌。不嫌夺味，亦可加冬菇丝。有冬笋的季节，可加冬笋丝。总之烫干丝味要清纯，煮干丝则不妨浓厚，但也不能搁螃蟹、蛤蜊、海蛎子、蛏，那样就是喧宾夺主，吃不出干丝的味了。

北京没有适于切干丝的豆腐干。偶有"大白干"，质地松泡，切丝易断。不得已，以高碑店豆腐片代之，细切如扬州方干一样，但要选片薄而有韧性者。这道菜已经成了我偶设家宴的保留节目。

美籍华人女作者聂华苓和她的丈夫保罗·安格尔来北京，指名要在我家吃一顿饭，由我亲自做。我给她配了几个菜。几个什么菜，我已经忘了，只记得有一大碗煮干丝。华苓吃得淋漓尽致，最后端起碗来把剩余的汤汁都喝了。华苓是湖北人，年轻时是吃过煮干丝的，但在美国不易吃到。美国有广东馆子、四川馆子、湖南馆子，但淮扬馆子似很少。我做这个菜是有意逗引她的故国乡情！我那道煮干丝自己也感觉不错，是用干贝吊的汤。前已说过，煮干丝不厌浓厚。

一九九二年九月七日

注释

原载《家庭》一九九三年第二期。

几家老饭馆

东月楼。东月楼在护国路，这是一家地道的云南饭馆。其名菜是锅贴乌鱼。乌鱼两片，去其边皮，大小如云片糕，中夹宣威火腿一片，于平铛上文火烙熟，极香美。宜酒宜饭，也可作点心。我在别处未吃过，在昆明别家饭馆也未吃过，信是人间至味。

东月楼另一名菜是酱鸡腿。入味，而鸡肉不“柴”。

映时春。映时春在武成路东口，这是家不大不小的饭馆。最受欢迎的菜是油淋鸡。

生鸡剁为大块，以热油反复浇灼，至熟，盛以一尺二寸的大盘，蘸花椒盐吃，皮酥肉嫩。一盘上桌，顷刻无余。

映时春还有两道菜为别家所无。一是雪花蛋。乃以温油慢炒鸡蛋清，上撒火腿细末。雪花蛋比北方饭馆的芙蓉鸡片更为细嫩。然无宣腿细末则无以发其香味。如用蛋黄，以同法炒之，则名桂花蛋。

这是一个两层楼的饭馆。楼下散座，卖冷荤小菜，楼上卖热炒。楼上有两张圆桌，六张大八仙桌，座位经常总是满的。招呼那么多客人，却只有一个堂倌。这位堂倌真是能干。客人点了菜，他记得清清楚楚（从前的饭馆是不记菜单的），随即向厨房里大声报出菜名。如果两桌先后点了同一样菜，就大声追加一句“番茄炒鸡蛋一作二”（一锅炒两盘）。听到厨房里锅铲敲炒的声音，知道什么菜已经起锅，就飞快下楼（厨房在楼下，在店堂之里，菜炒得了，由墙上一方窗口递出），转眼之间，又一手托一盘菜，飞快上楼，脚踩楼梯，噔噔噔噔，麻溜之至。他这一天上楼下楼，不知道有多少趟。累计起来，他一天所走的路怕有几十里。客人吃完了，他早已在心里把账算好，大声向楼下账桌报出钱数：下来几位，几十元几角。他的手、脚、嘴、眼一刻不停，而头脑清晰灵敏，从不出错，这真是个有过人精力的堂倌。看到一个精力旺盛的人，是叫人高兴的。

过桥米线·汽锅鸡

这似乎是昆明菜的代表作，但是今不如昔了。

原来卖过桥米线最有名的一家，在正义路近文庙街拐角处，一个牌楼的西边。这一家的字号不大有人知道，但只要说去吃过桥米线，就知道指的是这一家，好像“过桥米线”成了这家的店名。这一家所以有名，一是汤好。汤面一层鸡油，看似毫无热气，而汤温在一百度以上。据说有一个“下江人”司机不懂吃过桥米线的规矩，汤上来了，他咕咚喝下去，竟烫死了。二是片料讲究，鸡片、鱼片、腰片、火腿片，都切得极薄，而又完整无残缺，推入汤碗，即时便熟，不生不老，恰到好处。

专营汽锅鸡的店铺在正义路近金碧路处。这家的字号也不大有人知道，但店里有一块匾，写的是“培养正气”，昆明人碰在一起，想吃汽锅鸡，就说：“我们去培养一下正气。”中国人吃鸡之法有多种，其最著者有广州盐焗鸡、常熟叫花鸡，而我以为应数昆明汽锅鸡为第一。汽锅鸡的好处在哪里？曰：最存鸡之本味。汽锅鸡须少放几片宣威火腿，一小块三七，则鸡味越“发”。走进“培养正气”，不似走进别家饭馆，五味混杂，只是清清纯纯，一片鸡香。

为什么现在的汽锅鸡和过桥米线不如从前了？从前用的鸡不是一般的鸡，是“武定壮鸡”。“壮”不只是肥壮而已，这是经过一种特殊的技术处理的鸡。据说是把母鸡骟了。我只听说过公鸡有骟了的，没有听说母鸡也能骟。母鸡骟了，就使劲长肉，“壮”了。这种手术只有武定人会做。武定现在会做的人也不多了，如不注意保存，可能会失传的。我对母鸡能骟，始终有点将信将疑。不过武定鸡确实很好。前年在昆明，佧佤族（今佤族）女作家董秀英的爱人，特意买到一只武定壮鸡，做出汽锅鸡来，跟我五十年前在昆明吃的还是一样。

甬道街鸡枞。鸡枞之名甚怪。为什么叫“鸡枞”，到现在还没有人解释清楚。这是一种菌子，它生长的地方也怪，长在田野间的白蚁窝上。为什么专在白蚁窝上生长，到现在也还没有人解释清楚。鸡枞的菌盖不大，而下面的菌把甚长而粗。一般菌子中吃的部分多在菌盖，而鸡枞好吃的地方正在菌把。鸡枞可称菌中之王。鸡枞的味道无法比方。不得已，可以说这是“植物鸡”。味似鸡，而细嫩过之，入口无渣，甚滑，且有一股清香。如果用一个字形容鸡枞的口感，可以说是：腴。甬道街有一家中等本地饭馆，善做鸡枞，极有名。

这家还有一个特别处，用大锅煮了一锅苦菜汤。这苦菜汤是奉送的，顾客可以自己拿了大碗去盛。汤甚美，因为加了一些洗净的小肠同煮。

昆明是菌类之乡。除鸡枞外，干巴菌、牛肝菌、青头菌，都好吃。

小西门马家牛肉馆。马家牛肉馆只卖牛肉一种，亦无煎炒烹炸，所有牛肉都是头天夜里蒸煮熟了的，但分部位卖。净瘦肉切薄片，整齐地在盘子里码成两溜，谓之“冷片”，蘸甜酱油吃。甜酱油我只在云南见过，别处没有。冷片盛在碗里浇以热汤，则为“汤片”，也叫“汤冷片”。牛肉切成骨牌大的块，带点筋头巴脑，以红曲染过，亦带汤，为“红烧”。有的名目很奇怪，外地人往往不知道这是什么部位的。牛肚叫作“领肝”，牛舌叫“撩青”。“撩青”之名甚为形象。牛舌头的用处可不是撩起青草往嘴里送么？不大容易吃到的是“大筋”，即牛鞭也。有一次我陪一位女同学上马家牛肉馆，她问：“这是什么东西？”我真没法回答她。

马家隔壁是一家酱园。不时有人托了一个大搪瓷盘，摆七八样酱菜，放在小碟子里，藠头、韭菜花、腌姜……供人下饭（马家是卖白米饭的）。看中哪几样，即可点要，所费不多。这颇让人想起《东京梦华录》之类的书上所记的南宋遗风。

护国路白汤羊肉。昆明一般饭馆里是不卖羊肉的。专卖羊肉的只有不多的几家，也是按部位卖，如“拐骨”（带骨腿肉）、“油腰”（整羊腰，不切）、“灯笼”（羊眼）……都是用红曲染了的。只有护国路一家卖白汤羊肉，带皮，汤白如牛乳，蘸花椒盐吃。

奎光阁面点。奎光阁在正义路，不卖炒菜米饭，只卖面点，昆明似只此一家。卖葱油饼（直径五寸，葱甚多，猪油煎，两面焦黄）、锅贴、片儿汤（白菜丝、蛋花、下面片）。

玉溪街蒸菜。玉溪街有一家玉溪人开的饭馆，只卖蒸菜，不卖别的。好几摞小笼，一屋子热气腾腾。蒸鸡、蒸骨、蒸肉……“瓤（读去声）小瓜”甚佳。小南瓜挖去瓤（此读平声），塞入切碎的猪肉，蒸熟去笼盖，瓜香扑鼻。这家蒸菜的特点是衬底不用洋芋、白薯，而用皂角仁。皂角仁这东西，我的家乡女人绣花时用来“光”（去声）绒，绒沾皂仁黏液，则易入针，且绣出的花有光泽。云南人却拿来吃，真是闻所未闻。皂仁吃起来细腻软糯，很有意思。皂角仁不可多吃。我们过腾冲时，宴会上有一道皂角仁做的甜菜，一位河北老兄一勺又一勺地往下灌。我警告他：这样吃法不行，他不信。结果是这位老兄才离座席，就上厕所。皂角仁太滑了，到了肠子里会飞流直下。

米线饵块

米线属米粉一类。湖南米粉、广东的沙河粉，都是带状，扁而薄。云南的米线是圆的，粗细如线香，是用压饸饹似的办法压出来的。这东西本来就是熟的，临吃加汤及配料，煮两开即可。昆明讲究“小锅米线”。小铜锅，置炭火上，一锅煮两三碗，甚至只煮一碗。

米线的配料最常见的是“焖鸡”。焖鸡其实不是鸡，而是加酱油花椒大料煮出的小块净瘦肉（可能过油炒过）。本地人爱吃焖鸡米线。我们刚到昆明时，昆明的电影院里放的都是美国电影，有一个略懂英语的人坐在包厢（那时的电影院都有包厢）的一角以意为之地加以译解，叫作“演讲”。有一次在大众电影院，影片中有一个情节，是约翰请玛丽去“开餐”，“演讲”的人说：“玛丽呀，你要哪样？”楼下观众中有一个西南联大的同学大声答了一句：“两碗焖鸡米线！”这本来是开开玩笑，不料“演讲”人立即把电影停住，把全场的灯都开了，厉声问：“是哪个说的？哪个说的！”差一点打了一次群架。“演讲”人认为这是对云南人的侮辱。其实焖鸡米线是很好吃的。

另一种常见的米线是“爨肉米线”，即在米线锅中放入肉末。这个“爨”字实在难写。但是昆明的米线店的价目表上都是这样写的。大概云南有《爨宝子》《爨龙颜》两块名碑，云南人对它很熟悉，觉得这样写很亲切。

巴金先生在写怀念沈从文先生的文章中，说沈先生请巴老吃了两碗米线，加一个鸡蛋，一个西红柿，就算一顿饭。这家卖米线的铺子，就在沈先生住的文林街宿舍的对面。沈先生请我吃过不止一次。他们吃的大概是“爨肉米线”。

米线也还有别的配料。文林街另一家卖米线的就有：鳝鱼米线，鳝鱼切片，酱油汤煮，加很多蒜瓣；叶子米线，猪肉皮晾干油炸过，再用温水发开，切成长片，入汤煮透，这东西有的地方叫“响皮”，有的地方叫“假鱼肚”，昆明叫“叶子”。

苤忠寺坡有一家卖“炟肉米线”。大块肥瘦猪肉，煮极烂，置大瓷盆中，用竹片刮下少许，置米线上，浇以滚开的白汤。

青莲街有一家卖羊血米线。大锅煮羊血，米线煮开后，舀半生羊血一大勺，加芝麻酱、辣椒、蒜泥。这种米线吃法甚“野”，而鄙人照吃不误。

护国路有一家卖炒米线。小锅，放很多猪油，少量的汤汁，加大量的辣椒炒。甚咸而极辣。

凉米线。米线加一点绿豆芽之类的配菜，浇作料。加作料前堂倌要问：“吃酸醋吗甜醋？”一般顾客都说：“酸甜醋。”即两样醋都要。甜醋别处未见过。

米粉揉成小枕头状的一坨，蒸熟，是为饵块。切成薄片，可加肉丝青菜同炒，为炒饵块；加汤煮，为煮饵块。云南人认为腾冲饵块最好。腾冲人把炒饵块叫作“大救驾”。据说明永历帝被吴三桂追赶，将逃往缅甸，至腾冲，没吃的，饿得走不动了，有人给他送了一盘炒饵块，万岁爷狼吞虎咽，吃得精光，连说：“这可救了驾了！”我在腾冲吃过大救驾，没吃出所以然，大概我那天也不太饿。

饵块切成火柴棍大小的细丝，叫作饵丝。饵丝缅甸也有。我曾在中缅交界线上吃过一碗饵丝。那地方的国界没有山，也没有河，只是在公路上用白粉画一道三寸来宽的线，线以外是缅甸，线以内是中国。紧挨着国境线，有一个缅甸人摆的饵丝摊。这边把钱（人民币）递过去，那边就把饵丝递过来。手过国界没关系，只要脚不过去，就不算越境。缅甸饵丝与中国饵丝味道一样！

还有一种饵块是米面的饼，形状略似北方的牛舌饼，但大一些，有一点像鞋底子。用一盆炭火，上置铁箅子，将饵块饼摊在箅子上烤，不停地用油纸扇扇着，待饵块起泡发软，用竹片涂上芝麻酱、花生酱、甜酱油、油辣子，对折成半月形，谓之“烧饵块”。入夜之后，街头常见一盆红红的炭火，听到一声悠长的吆唤：“烧饵块！”给不多的钱，一“块”在手，边走边吃，自有一种情趣。

点心和小吃

火腿月饼。昆明吉庆祥火腿月饼天下第一。因为用的是“云腿”（宣威火腿），做工也讲究。过去四个月饼一斤，按老秤说是四两一个，称为“四两砣”。前几年有人从昆明给我带了两盒“四两砣”来，还能保持当年的质量。

破酥包子。油和的发面做的包子。包子的名称中带一个“破”字，似乎不好听。但也没有办法，因为蒸得了皮面上是有一些小小裂口。糖馅肉馅皆有，吃是很好吃的，就是太“油”了。你想想，油和的面，刚揭笼屉，能不“油”么？这种包子，一次吃不了几个，而且必须喝很浓的茶。

玉麦粑粑。卖玉麦粑粑的都是苗族的女孩。玉麦即苞谷。昆明的汉族人叫苞谷，而苗族人叫玉麦。新玉麦，才成粒，磨碎，用手拍成烧饼大，外裹玉麦的箨片（粑粑上还有手指的印子），蒸熟，放在漆木盆里卖，上覆杨梅树叶。玉麦粑粑微有咸味，有新玉麦的清香。苗族女孩子吆唤“玉麦粑粑……”声音娇娇的，很好听。如果下点小雨，尤有韵致。

洋芋粑粑。洋芋学名马铃薯，山西、内蒙古叫山药，东北、河北叫土豆，上海叫洋山芋，云南叫洋芋。洋芋煮烂，捣碎，入花椒盐、葱花，于铁勺中按扁，放在油锅里炸片时，勺底洋芋微脆，粑粑即漂起，捞出，即可拈吃。这是小学生爱吃的零食，我这个大学生也爱吃。

摩登粑粑。摩登粑粑即烤发面饼，不过是用松毛（马尾松的针叶）烤的，有一种松针的香味。这种面饼只有凤翥街一家现烤现卖。西南联大的女生很爱吃。昆明人叫女大学生为“摩登”，这种面饼也就被叫成“摩登粑粑”，而且成了正式的名称。前几年我到昆明，提起这种粑粑，昆明人说：现在还有，不过不在凤翥街了，搬到另外一条街上去了，还叫作“摩登粑粑”。

一九九三年一月十三日

注释

原载《随笔》一九九二年第三期。

昆明菜

我这篇东西是写给外地人看的，不是写给昆明人看的。和昆明人谈昆明菜，岂不成了笑话！其实不如说是写给我自己看的。我离开昆明整四十年了，对昆明菜一直不能忘。

昆明菜是有特点的。昆明菜——云南菜不属于中国的八大菜系。很多人以为昆明菜接近四川菜，其实并不一样。四川菜的特点是麻、辣。多数四川菜都要放郫县豆瓣、泡辣椒，而且放大量的花椒，——必得是川椒。中国很多省的人都爱吃辣，如湖南、江西，但像四川人那样爱吃花椒的地方不多。重庆有很多小面馆，门面的白墙上多用黑漆涂写三个大字“麻、辣、烫”，老远的就看得见。昆明菜不像四川菜那样既辣且麻。大抵四川菜多浓厚强烈，而昆明菜则比较清淡纯和。四川菜调料复杂，昆明菜重本味。比较一下怪味鸡和汽锅鸡，便知二者区别所在。

汽锅鸡

中国人很会吃鸡。广东的盐焗鸡，四川的怪味鸡，常熟的叫花鸡，山东的炸八块，湖南的东安鸡，德州的扒鸡……。如果全国各种做法的鸡来一次大奖赛，哪一种鸡该拿金牌？我以为应该是昆明的汽锅鸡。

是什么人想出了这种非常独特的吃法？估计起来，先得有汽锅，然后才有汽锅鸡。汽锅以建水所制者最佳。现在全国出陶器的地方都能造汽锅，如江苏的宜兴。但我觉得用别处出的汽锅蒸出来的鸡，都不如用建水汽锅做出的有味。这也许是我的偏见。汽锅既出在建水，那么，昆明的汽锅鸡也可能是从建水传来的吧？

原来在正义路近金碧路的路西有一家专卖汽锅鸡。这家不知有没有店号，进门处挂了一块匾，上书四个大字："培养正气。"因此大家就径称这家饭馆为"培养正气"。过去昆明人一说"今天我们培养一下正气"，听话的人就明白是去吃汽锅鸡。"培养正气"的鸡特别鲜嫩，而且屡试不爽。没有哪一次去吃了，会说"今天的鸡差点事！"所以能永远保持质量，据说他家用的鸡都是武定肥鸡。鸡瘦则肉柴，肥则无味。独武定鸡极肥而有味。揭盖之后：汤清如水，而鸡香扑鼻。

听说"培养正气"已经没有了。昆明饭馆里卖的汽锅鸡已经不是当年的味道，因为用的不是武定鸡，什么鸡都有。

恢复“培养正气”，重新选用武定鸡，该不是难事吧？

昆明的白斩鸡也极好。玉溪街卖馄饨的摊子的铜锅上搁一个细铁条箅子，上面都放两三只肥白的熟鸡。随要，即可切一小盘。昆明人管白斩鸡叫“凉鸡”。我们常常去吃，喝一点酒，因为是坐在一张长板凳上吃的，有一个同学为这种做法起了一个名目，叫“坐失（食）良（凉）机（鸡）”。玉溪街卖的鸡据说是玉溪鸡。

华山南路与武成路交界处从前有一家馆子叫“映时春”，做油淋鸡极佳。大块鸡生炸，十二寸的大盘，高高地堆了一盘。蘸花椒盐吃。二十几岁的小伙子，七八个人，人得三五块，顷刻瓷盘见底矣。如此吃鸡，平生一快。

昆明旧有卖爊鸡杂的，挎腰圆食盒，串街唤卖。鸡肫鸡肝皆用篾条穿成一串，如北京的糖葫芦。鸡肠子盘紧如素鸡，买时旋切片。耐嚼，极有味，而价甚廉，为佐茶下酒妙品。估计昆明这样的小吃已经没有了。曾与老昆明谈起，全似孟元老《东京梦华录》中所记了也。

火　腿

云南宣威火腿与浙江金华火腿齐名，难分高下。金华火腿知道的人多，有许多品级。比较著名的是“雪舫蒋腿”。更高级的，以竹叶熏成的，谓之“竹叶腿”。宣威火腿似没有这么多讲究，只是笼统地叫作火腿。火腿出在宣威，据说宣威家家腌制，而集中销售地则在昆明。正义路牌坊东侧原来有一家火腿庄，除了卖整只、零切的火腿，还卖火腿骨、火腿油。上海卖金华火腿的南货店有时卖“火腿脚爪”，单卖火腿油，却没有听说过。火腿骨熬汤，火腿油炖豆腐，想来一定很好吃。

火腿作为提味的配料时多，单吃，似只有一种吃法，蒸熟了切片。从前有蜜炙火腿，不知好吃否。金华火腿按部位分油头、上腰、中腰，——再以下便是脚爪。昆明人吃火腿特重小腿至肘棒的那一部分，谓之“金钱片腿”，因为切开作圆形，当中是精肉，周围是肥肉，带着一圈薄皮。大西门外有一家本地饭馆，不大，很不整洁，但是菜品不少，金钱片腿是必备的。因为赶马的马锅头最爱吃这道菜，——这家饭馆的主要顾客是马锅头。马锅头兄弟一进门，别的菜还没有要，先叫：“切一盘金钱片腿！”

一道昆明菜，不是以火腿为主料，但离开火腿却不成的，是“锅贴乌鱼”。这是东月楼的名菜。乃以乌鱼两片（乌鱼必活杀，鱼片须旋批），中夹兼肥带瘦的火腿一片，平底铛上，以文火烙成，不加任何别的作料。鲜嫩香美，不可名状。

东月楼在护国路，是一家地道的昆明老馆子。除锅贴乌鱼外，尚有酱鸡腿，也极好。听说东月楼现在也没有了。

昆明吉庆祥的火腿月饼甚佳。今年中秋，北京运到一批，买来一尝，滋味犹似当年。

牛　肉

我一辈子没有吃过昆明那样好的牛肉。

昆明的牛肉馆的特别处是只卖牛肉一样，——外带米饭、酒，不卖别的菜肴。这样的牛肉馆，据我所知，有三家。有一家在大西门外凤翥街，因为离西南联大很近，我们常去。我是由这家“学会”吃牛肉的。一家在小东门。而以小西门外马家牛肉馆为最大。楼上楼下，几十张桌子。牛肉馆的牛肉是分门别类地卖的。最常见的是汤片和冷片。白牛肉切薄片，浇滚烫的清汤，为汤片。冷片也是同样旋切的薄片，但整齐地码在盘子里，蘸甜酱油吃（甜酱油为昆明所特有）。汤片、冷片皆极酥软，而不散碎。听说切汤片冷片的肉是整个一边牛蒸熟了的，我有点不相信：哪里有这样大的蒸笼，这样大的锅呢？但切片的牛肉确是很大的大块的。牛肉这样酥软，火候是要很足。有人告诉我，得蒸（或煮？）一整夜。其次是“红烧”。“红烧”不是别的地方加了酱油焖煮的红烧牛肉，也是清汤的，不过大概牛肉曾用红曲染过，故肉呈胭脂红色。“红烧”是切成小块的。这不用牛身上的“好”肉，如胸肉腿肉，带一些“筋头巴脑”，和汤、冷片相较，别是一种滋味。还有几种牛身上的特别部位，也分开卖。却都有代用的别名，不“会”吃的人听不懂，不知道这是什么东西。如牛肚叫“领肝”，牛舌叫“撩青”。很多地方卖舌头都讳言“舌”字，因为“舌”与“蚀”同音。无锡陆稿荐卖猪舌改叫“赚头”。广东饭馆把牛舌叫“牛脷”，其实本是“牛利”，只是加了一个肉月偏旁，以示这是肉食。这都是反“蚀”之意而用之，讨个吉利。把舌头叫成“撩青”，别处没有听说过。稍想一下，是有道理的。牛吃青草，都是用舌头撩进嘴里的。这一别称很形象，但是太费解了。牛肉馆还有牛大筋卖。我有一次同一个女同学去吃马家牛肉馆，她问我：“这是什么？”我实在不好回答。我在昆明吃过不少次牛大筋，只是因为它好吃，不是为了壮阳。“领肝”、“撩青”、“大筋”都是带汤的。牛肉馆不卖炒菜。上牛肉馆其实主要是来喝汤的，——汤好。

昆明牛肉馆用的牛都是小黄牛，老牛、废牛是不用的。

吃一次牛肉馆是花不了多少钱的，比一般小饭馆便宜，也好吃，实惠。

马家牛肉馆常有人托一搪瓷茶盘来卖小菜，藠头、腌蒜、腌姜、糟辣椒……有七八样。两三分钱即可买一小碟，极开胃。

马家牛肉店不知还有没有？如果没有了，就太可惜了。

昆明还有牛干巴，乃将牛肉切成长条，腌制晾干。小饭馆有炒牛干巴卖。这东西据说生吃也行。马锅头上路，总要带牛干巴，用刀削成薄片，酒饭均宜。

蒸　菜

昆明尚食蒸菜。正义路原来有一家。蒸鸡、蒸骨、蒸肉。都放在直径不到半尺的小蒸笼中蒸熟。小笼层层相叠，几十笼为一摞，一口大蒸锅上蒸着好几摞。蒸菜都酥烂，蒸鸡连骨头都能嚼碎。蒸菜有衬底。别处蒸菜衬底多为红薯、洋芋、白萝卜，昆明蒸菜的衬底却是皂角仁。皂角仁我是认识的。我们那里的少女绣花，常用小瓷碟蒸十数个皂角仁，用来“光”绒，取其滑润，并增光泽。我没有想到这东西能吃，且好吃。样子也好看，莹洁如玉。这么多的蒸菜，得用多少皂角仁，得多少皂角才能剥出这样多的仁呢？玉溪街里有一家也卖蒸菜。这家所卖蒸菜中有一色 rang 小瓜：小南瓜，挖出瓤，塞入肉蒸熟，很别致。很多地方都有 rang 菜，rang 冬瓜，rang 茄子，都是塞肉蒸熟的菜。rang 不知道怎么写，一般字典查不到这个字。或写成“酿”，则音义都不对。我们到北京后曾做过 rang 小瓜，终不似玉溪街的味道。大概这家因为是和许多其他蒸菜摆在一起蒸的，鸡、骨、肉的蒸气透入蒸小瓜的笼，故小瓜里的肉有瓜香，而包肉的瓜则带鲜味。单 rang 一瓜，不能腴美。

诸　菌

有朋友到昆明开会，我告诉他到昆明一定要吃菌子。他住在一旧交家里，把所有的菌子都吃了。回北京见到我，说："真是好！"

鸡㙡为菌中之王。甬道街有一家专做鸡㙡的馆子。这家还卖苦菜汤，是熬在一口大锅里，非常便宜，好吃。外省人说昆明有三怪：姑娘叫老太，芥菜叫苦菜，还有一"怪"我不记得了。听昆明人说苦菜不是芥菜，别是一种。

前月有一直住在昆明的老同学来，说鸡㙡出在富民。有一次他们开会，从富民拉了一汽车鸡㙡来，吃得不亦乐乎。鸡㙡各处皆有，富民可能出得多一些。

青头菌、牛肝菌、干巴菌、鸡油菌，我在别的文章里已写过，不重复。昆明诸菌总宜鲜吃。鸡㙡可制成油鸡㙡，干巴菌可晾成干，可致远，然而风味减矣。

乳扇·乳饼

乳扇是晾干的奶皮子，乳饼即奶豆腐。这种奶制品我颇怀疑是元朝的蒙古兵传入云南的。然而蒙古族人的奶制品只是用来佐奶茶，云南则作为菜肴。这两样其实只能"吃着玩"，不下饭的。

炒鸡蛋

炒鸡蛋天下皆有。昆明的炒鸡蛋特泡。一掂翻面，两掂出锅，动锅不动铲。趁热上桌，鲜亮喷香，逗人食欲。

番茄炒鸡蛋，番茄炒至断生，仍有清香，不疲软，鸡蛋成大块，不发死。番茄与鸡蛋相杂，颜色仍分明，不像北方的西红柿炒鸡蛋，炒得“一塌糊涂”。

映时春有雪花蛋，乃以鸡蛋清、温熟猪油于小火上，不住地搅拌，猪油与蛋清相入，油蛋交融。嫩如鱼脑，洁白而有亮光。入口即已到喉，齿舌都来不及辨别是何滋味，真是一绝。另有桂花蛋，则以蛋黄以同法制成。雪花蛋、桂花蛋上都撒了一层瘦火腿末，但不宜多，多则掩盖鸡蛋香味。鸡蛋这样的做法，他处未见。我在北京曾用此法做一盘菜待客，吹牛说“这是昆明做法”。客人尝后，连说“不错！不错！”且到处宣传。其实我做出的既不是雪花蛋，也不是桂花蛋，简直有点像山东的“假螃蟹”了！

炒青菜

袁子才《随园食单》指出：炒青菜须用荤油，炒荤菜当用素油，很有道理。昆明炒青菜都用猪油。昆明的青菜炒得好，因为：菜新鲜，油多，火爆，慎用酱油，起锅时一般不烹水或烹水极少，不盖锅（饭馆里炒青菜多不盖锅），或盖锅时间甚短。这样炒出来的青菜不失菜味，且不变色，视之犹如从园中初摘出来的一样。

菜花昆明叫椰花菜。北京炒菜花先以水焯过，再炒。这样就不如干脆加水煮成奶油菜花汤了。昆明炒椰花菜皆生炒，脆而不艮，干干净净。如加火腿，尤妙。

炒苞谷只有昆明有。每年北京嫩玉米上市时，我都买一些回来抠出玉米粒加瘦肉末炒了吃。有亲戚朋友来，觉得很奇怪：“玉米能做菜？”尝了两筷子，都说“好吃”。炒苞谷做法简单，在北京的一个很小的范围内已经推广。有一个西南联大的校友请几个老同学上家里聚一聚，特别声明：“今天有一道昆明菜！”端上来，是炒苞谷。苞谷既老，放了太多的肉，大量酱油，还加了很多水咕嘟了！我跟他说：“你这样的炒苞谷，能把昆明人气死。”

临离昆明前我和朱德熙在一家饭馆里吃了一盘肉炒菠菜，当时叫绝，至今不忘。菠菜极嫩（北京人爱吃长成小树一样的菠菜，真不可解），油极大，火甚匀，味极鲜。炒菠菜要尽量少动铲子。频频翻锅，菠菜就会发黑，且有涩味。

黑芥·韭菜花·茄子酢

昆明谓黑大头菜为黑芥。袁子才以为大头菜偏宜肉炒，很对。大头菜得肉，香味才能发出。我们有时几个人在昆明饭馆里吃饭，一看菜不够了，就赶紧添叫一盘黑芥炒肉。一则这个菜来得快；二则极下饭，且经吃。

韭菜花出曲靖。名为韭菜花，其实主料是切得极细晾干的萝卜丝。这是中国咸菜里的“神品”。这一味小菜按说不用多少成本，但价钱却颇贵，想是因为腌制很费工。昆明人家也有自己腌韭菜花的。这种韭菜花和北京吃涮羊肉作调料的韭菜花不是一回事，北京人万勿误会。

茄子酢是茄子切细丝，风干，封缸，发酵而成。我很怀疑这属于古代的菹。菹，郭沫若以为可能是泡菜。《说文解字》“菹”字下注云：“酢菜也”，我觉得可能就是茄子酢一类的东西。中国以酢为名的小菜别处也有，湖南有“酢辣子”。古书里凡从酉的字都跟酒有点关系。茄子酢和酢辣子都是经过酒化了的，吃起来带酒香。

注释

原载《滇池》一九八七年第一期。

昆明食菌

我在昆明住过七年，离开已四十多年，不忘昆明的菌子。

雨季一到，诸菌皆出，空气里一片菌子气味。无论贫富，都能吃到菌子。

常见的是牛肝菌、青头菌。牛肝菌菌盖正面色如牛肝。其特点是背面无菌褶，是平的，只有无数小孔，因此菌肉很厚，可切成薄片，宜于炒食。入口滑细，极鲜，炒牛肝菌要加大量蒜片，否则吃了会头晕。菌香、蒜香扑鼻，直入脏腑，逗人食欲。牛肝菌价极廉。西南联大的大食堂的饭桌上都能有一盘。青头菌稍贵一点。青头菌菌盖正面微带苍绿色，菌褶雪白。炒或烩，宜放盐，用酱油颜色就不好看了。一般都认为青头菌格韵较高，但也有人偏嗜牛肝菌，以其滋味更为强烈浓厚。

最名贵是鸡㙡。鸡㙡之名甚奇怪。“㙡”字别处少见。一般字典上查不到。为什么叫“鸡㙡”，众说不一。有人说鸡㙡的菌盖“开伞”后，样子像公鸡脖上的毛——鸡鬃。没有根据。我见过未经熟制的鸡㙡样子并不像鸡鬃。——果系如此，何不径写作“鸡鬃”？这东西生长的地方也奇怪，生在田野间的白蚁窝上。为什么专长在白蚁窝上，这道理连专家也没弄明白。鸡㙡菌盖小而菌把粗长，吃的主要便是形似鸡大腿的菌把。鸡㙡是菌中之王。味道如何，真难比方。可以说这是植物鸡。味正似当年的肥母鸡，但鸡肉粗，有丝，而鸡㙡则极细腻丰腴，且鸡肉无此特殊的菌子香气。昆明甬道街有一家不大的云南馆子，制鸡㙡极有名。

菌子里味道最深刻（请恕我用了这样一个怪字眼）、样子最难看的，是干巴菌。这东西像一个被踩破的马蜂窝，颜色如半干牛粪，乱七八糟，当中还夹杂了许多松毛（马尾松的针叶）、草茎，择起来很费事。择也择不出大片，只是螃蟹小腿肉粗细的丝丝。洗净后，与肥瘦相间的猪肉、青辣椒同炒，入口细嚼，半天说不出话来。只觉得：这世界上还有这么好吃的东西？干巴菌，菌也，但有陈年宣威火腿香味、宁波油浸糟白鱼鲞香味、苏州风鸡香味、南京鸭胗肝香味，且杂有松毛清香气味。干巴菌晾干，加辣椒同腌，可久藏，味与鲜时无异。

样子最好看的是鸡油菌。个个正圆，银圆大，嫩黄色，但据说不好吃。干巴菌和鸡油菌，一个中吃不中看，一个中看不中吃！

注释

原载一九八七年十月十一日香港《大公报》。

口蘑

口蘑因在张家口集散，故名。其实张家口附近是不出口蘑的。口蘑的产地在坝上，内蒙古。对于“口蘑”的正确理解，应该是：口外之蘑。

口蘑生长的秘密，好像到现在还没有揭开。口蘑长在草原上。很怪，只长在“口蘑圈”上。草原上往往有一个相当大的圆圈，正圆，这一圈的草长得特别绿，绿得发黑，这就是蘑菇圈。九月间，这是草原最美的时候。雨晴之后，天气潮闷，这是出蘑菇的时候。远远看去，蘑菇圈上一点一点白的，那是蘑菇出来了。蘑菇圈是固定的。今年这里出蘑菇，明年还出。蘑菇圈的成因，谁也说不明白。有人说这地方曾扎过蒙古包，蒙古族人把吃剩的羊肉汤、羊骨头倒在蒙古包的周围，这一圈土特别肥沃，故草色浓绿，长蘑菇。这是想当然耳。有人曾挖取蘑菇圈上的土，移至他处，布入菌丝，希望获得人工驯化的口蘑，没有成功。

口蘑品类颇多。我曾在张家口沙岭子农业科学研究所画过一套《口蘑图谱》，皆以实物置之案前对写，自信对口蘑略有认识。口蘑的主要品种有：

黑蘑。菌盖白色，菌褶棕黑色。此为最常见者；菌行称之为"黑片蘑"，价贱，但口蘑香味仍甚浓。北京涮羊肉的"锅底"、浇豆腐脑的羊肉卤以及"炸丸子开锅"的汤里，放的都是黑片蘑。

白蘑。白蘑较小（黑蘑有大如碗口的），菌盖、菌褶都是白色。白蘑少，不易采到。味极鲜。我曾在沽源采到一枚白蘑，干制后带回北京，一只白蘑做了一大碗汤，全家人喝了，都说比鸡汤还鲜。

鸡腿子。菌把粗长，近根部鼓起，状如鸡腿。

青腿子。形状似鸡腿子，但微绿。干制后亦只是灰白色，几与鸡腿子无异。

鸡腿子、青腿子很少见，即张家口口蘑庄号中也不易买到。我画过，没有吃过。

此外还有"庙自行""蘑菇丁"……那都是商号巧立名目，只是初出即采得、未开伞者，不是特别的品种。

口蘑采得，即须穿线晾干，否则极易生蛆。口蘑干制后方有香味。我吃过自采的鲜口蘑，一点也不香，这也很奇怪。

口蘑宜重荤大油（制素什锦只用香菇，少有用口蘑者）。《老残游记》提到口蘑炖鸭，自是佳品。我曾在沽源吃过口蘑羊肉哨子蘑莜面，三者相得益彰，为平生难忘的一次口福。在呼和浩特一家饭馆吃过一盘炒口蘑，极滑润，油皆透入口蘑片中，盖以慢火炒成，虽名为炒，实是油焖。即使是口蘑烩豆腐，亦须荤汤，方出味。

注释

原载一九八七年十月二十二日香港《大公报》。

手把肉

蒙古族人从小吃惯羊肉，几天吃不上羊肉就会想得慌。蒙古族舞蹈家斯琴高娃（蒙古族女的叫斯琴高娃的很多，跟那仁花一样的普遍）到北京来，带着她的女儿。她的女儿对北京的饭菜吃不惯。我们请她在晋阳饭庄吃饭，这小姑娘对红烧海参、脆皮鱼……统统不感兴趣。我问她想吃什么，"羊肉！"我把服务员叫来，问他们这儿有没有羊肉，说只有酱羊肉。"酱羊肉也行，咸不咸？""不咸。"端上来，是一盘羊腱子。小姑娘白嘴把一盘羊腱子都吃了。问她："好吃不好吃？""好吃！"她妈说："这孩子！真是蒙古族人！她到北京几天，头一回说'好吃'。"

蒙古族人非常好客，有人骑马在草原上漫游，什么也不带，只背了一条羊腿。日落黄昏，看见一个蒙古包，下马投宿。主人把他的羊腿解下来，随即杀羊。吃饱了，喝足了，和主人一家同宿在蒙古包里，酣然一觉。第二天主人送客上路，给他换了一条新的羊腿背上。这人在草原上走了一大圈，回家的时候还是背了一条羊腿，不过已经不知道换了多少次了。

“四人帮”肆虐时期，我们奉江青之命，写一个剧本，搜集材料，曾经四下内蒙古。我在内蒙古学会了两句蒙古话。蒙古族同志说，会说这两句话就饿不着。一句是“不达一的”——要吃的；一句是“莫哈一的”——要吃肉。“莫哈”泛指一切肉，特指羊肉。（元杂剧有一出很特别，汉话和蒙古话掺和在一起唱。其中有一句是“莫哈整斤吞”，意思是整斤地吃羊肉。）果然，我从伊克昭盟（今鄂尔多斯市）到呼伦贝尔大草原，走了不少地方，吃了多次手把肉。

八九月是草原最美的时候。经过一夏天的雨水，草都长好了，草原一片碧绿。阿格长好了，灰背青长好了，阿格和灰背青是牲口最爱吃的草。草原上的草在我们看起来都是草，牧民却对每一种草都叫得出名字。草里有野葱、野韭菜（蒙古族人说他们那里的羊肉不膻，是因为羊吃野葱，自己把味解了）。到处开着五颜六色的花。羊这时也都上了膘了。

内蒙古的作家、干部爱在这时候下草原，体验生活，调查工作，也是为去“贴秋膘”。进了蒙古包，先喝奶茶。内蒙古的奶茶制法比较简单，不像西藏的酥油茶那样麻烦。只是用铁锅坐一锅水，水开后抓入一把茶叶，滚几滚，加牛奶，放一把盐，即得。我没有觉得有太大的特点，但喝惯了会上瘾的。（蒙古族人一天也离不开奶茶。很多人早起不吃东西，喝两碗奶茶就去放羊。）摆了一桌子奶食，奶皮子、奶油（是稀的）、奶渣子……还有月饼、桃酥。客人喝着奶茶，蒙古包外已经支起大锅，坐上水，杀羊了。蒙古族人杀羊真是神速，不是用刀子捅死的，是掐断羊的主动脉。羊挣扎都不挣扎，就死了。马上开膛剥皮，工具只有一把比水果刀略大一点的折刀。一会儿的工夫，羊皮就剥下来，抱到稍远处晒着去了。看看杀羊的现场，连一滴血都不溅出，草还是干干净净的。

"手把肉"即白水煮切成大块的羊肉。一手"把"着一大块肉，用一柄蒙古刀自己割了吃。蒙古族人用刀子割肉真有功夫。一块肉吃完了，骨头上连一根肉丝都不剩。有小孩子割剔得不净，妈妈就会说："吃干净了，别像那干部似的！"干部吃肉，不像牧民细心，也可能不大会使刀子。牧民对奶、对肉都有一种近似宗教情绪似的敬重，正如汉族的农民对粮食一样，糟蹋了，是罪过。吃手把肉过去是不预备作料的，顶多放一碗盐水，蘸了吃。现在也有一点作料，酱油、韭菜花之类。因为是现杀、现煮、现吃，所以非常鲜嫩。在我一生中吃过的各种做法的羊肉中，我以为手把羊肉第一。如果要我给它一个评语，我将毫不犹豫地说：无与伦比！

吃肉，一般是要喝酒的。蒙古族人极爱喝酒，而且几乎每饮必醉。我在呼和浩特听一个土默特旗的汉族干部说"骆驼见了柳，蒙古族人见了酒"，意思说就走不动了——骆驼爱吃柳条。我以为这是一句现代俗话。偶读一本宋人笔记，见有"骆驼见柳，蒙古见酒"之说，可见宋代已有此谚语，已经流传几百年了。可惜我把这本笔记的书名忘了。宋朝的蒙古人喝的大概是武松喝的那种煮酒，不会是白酒——蒸馏酒。白酒是元朝的时候才从阿拉伯传进来的。

在达茂旗吃过一次“羊贝子”，即煮全羊。整只羊放在大锅里煮。据说蒙古族人吃只煮三十分钟，因为我们是汉族，怕太生了不敢吃，多煮了十五分钟。整羊，剁去四蹄，趴在一个大铜盘里。羊头已经切下来，但仍放在脖子后面的腔子上，上桌后再搬走。吃羊贝子有规矩，先由主客下刀，切下两条脖子后面的肉（相当于北京人所说的“上脑”部位），交叉斜搭在肩背上，然后其他客人才动刀，各自选取自己爱吃的部位。羊贝子真是够嫩的，

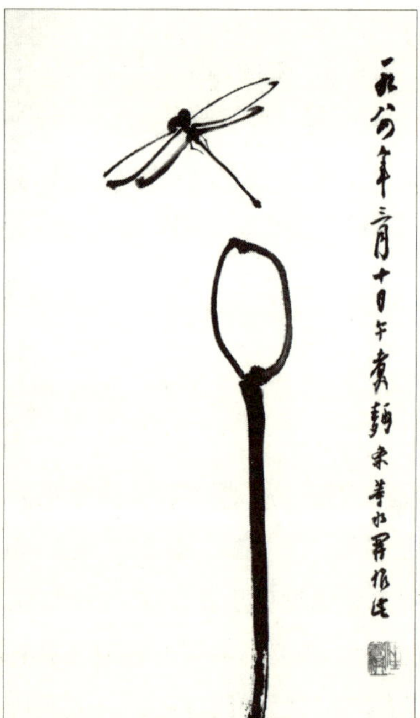

一九八四年三月十日午煮面条等水开作此

一刀切下去，会有血水滋出来。同去的编剧、导演，有的望而生畏，有的浅尝即止，鄙人则吃了个不亦乐乎。羊肉越嫩越好。蒙古族人认为煮久了的羊肉不好消化，诚然诚然。我吃了一肚子半生的羊肉，太平无事。

蒙古族人真能吃肉。海拉尔有两位书记到北京东来顺吃涮羊肉，两个人要了十四盘肉，服务员问：“你们吃得完吗？”一个书记说：“前几天我们在呼伦贝尔，五个人吃了一只羊！”

蒙古族人不是只会吃手把肉，他们也会各种吃法。呼和浩特的烧羊腿，烂，嫩，鲜，入味。我尤其喜欢吃清蒸羊肉。我在四子王旗一家不大的饭馆中吃过一次“拔丝羊尾”。我吃过拔丝山药、拔丝土豆、拔丝苹果、拔丝香蕉，从来没听说过羊尾可以拔丝。外面有一层薄薄的脆壳，咬破了，里面好像什么也没有，一包清水，羊尾油已经化了。这东西只宜供佛，人不能吃，因为太好吃了！

我在新疆唐巴拉牧场吃过哈萨克的手抓羊肉。做法与内蒙古的手把肉略似，也是人锅清水煮，但切的肉块较小，煮的时间稍长。肉熟后，下面条，然后装在大瓷盘里端上来。下面是面，上面是肉。主人以刀把肉切成小块，客人以手抓肉及面同吃。吃之前，由一个孩子执铜壶注水于客人之手。客人手上浇水后不能向后甩，只能待其自干，否则即是对主人不敬。铜壶颈细而长，壶身镂花，有中业风格。

注释

原载《新苑》一九九三年第二、三期合刊。

贴秋膘

人到夏天，没有什么胃口，饭食清淡简单，芝麻酱面（过水，抓一把黄瓜丝，浇点花椒油）；烙两张葱花饼，熬点绿豆稀粥……两三个月下来，体重大都要减少一点。秋风一起，胃口大开，想吃点好的，增加一点营养，补偿补偿夏天的损失，北方人谓之“贴秋膘”。

北京人所谓“贴秋膘”有特殊的含意，即吃烤肉。

烤肉大概源于少数民族的吃法。日本人称烤羊肉为“成吉思汗料理”（青木正儿《中华腌菜谱》里提到），似乎这是蒙古人的东西。但我看《元朝秘史》，并没有看到烤肉。

成吉思汗当然是吃羊肉的，“秘史”里几次提到他到了一个什么地方，吃了一只“双母乳的羊羔”。羊羔而是“双母乳”（两只母羊喂奶）的，想必十分肥嫩。一顿吃一只羊羔，这食量是够可以的。但似乎只是白煮，即便是烤，也会是整只地烤，不会像北京的烤肉一样。如果是北京的烤肉，他吃起来大概也不耐烦，觉得不过瘾。我去过内蒙古几次，也没有在草原上吃过烤肉，那么，这是不是蒙古族料理，颇可存疑。北京卖烤肉的，都是回民馆子。“烤肉宛”原来有齐白石写的一块小匾，写得明白：“清真烤肉宛。”这块匾是写在宣纸上的，嵌在镜框里，字写得很好，后面还加了两行注脚：“诸书无烤字，应人所请自我作古。”我曾写信问过语言文字学家朱德熙，是不是古代没有“烤”字，德熙复信说古代字书上确实没有这个字，看来“烤”字是近代人造出来的字了。这是不是回民的吃法？我到过回民集中的兰州，到过新疆的乌鲁木齐、伊犁、吐鲁番，都没有见到如北京烤肉一样的烤肉，烤羊肉串是到处有的，但那是另外一种。北京的烤肉起源于何时，原是哪个民族的，已不可考，反正它已经在北京生根落户，成了北京“三烤”（烤肉、烤鸭、烤白薯）之一，是“北京吃儿”的代表作了。

北京烤肉是在“炙子”上烤的。“炙子”是一根一根铁条钉成的圆板，下面烧着大块的劈柴，松木或果木。羊肉切成薄片（也有烤牛肉的，少），由堂倌在大碗里拌好作料——酱油、香油、料酒，大量的香菜，加一点水，交给顾客，由顾客用长筷子平摊在“炙子”上烤。“炙子”的铁条之间有小缝，下面的柴烟火气可以从缝隙中透上来，不但整个“炙子”受火均匀，而且使烤着的肉带柴木清香；上面的汤卤肉屑又可填入缝中，增加了烤炙的焦香。过去吃烤肉都是自己烤。因为“炙子”颇高，只能站着烤，或一只脚踩在长凳上。大火烤着，外面的衣裳穿不住，大都脱得只穿一件衬衫。足蹬长凳，解衣磅礴，一边大口地吃肉，一边喝白酒，很有点剽悍豪霸之气。满屋子都是烤炙的肉香，这气氛就能使人增加三分胃口。平常食量，吃一斤烤肉，问题不大，吃斤半、二斤、二斤半的，有的是。自己烤，嫩一点，焦一点，可以随意。而且烤本身就是个乐趣。

北京烤肉有名的三家：烤肉季，烤肉宛，烤肉刘。烤肉宛在宣武门里，我住在国会街时，几步就到了，常去。有时懒得去等炙子（因为顾客多，炙子常不得空），就派一个孩子带个饭盒烤一饭盒，买几个烧饼，一家子一顿饭，就解决了。烤肉宛去吃过的名人很多，除了齐白石写的一块匾，还有张大千写的一块。梅兰芳题了一首诗，记得第一句是“宛家烤肉旧驰名”，字和诗当然是许姬传代笔。烤肉季在什刹海，烤肉刘在虎坊桥。

从前北京人有到野地里吃烤肉的风气。玉渊潭就是个吃烤肉的地方。一边看看野景，一边吃着烤肉，别是一番滋味。听玉渊潭附近的老住户说，过去一到秋天，老远就闻到烤肉香味。

北京现在还能吃到烤肉，但都改成由服务员代烤了端上来，那就没劲了。我没有去过。内蒙古也有“贴秋膘”的说法，我在呼和浩特就听到过。不过似乎只是汉族干部或说汉语的蒙古族干部这样说。蒙古语有没有这说法，不知道。呼市的干部很愿意秋天“下去”考察工作或调查材料。别人就会说：“哪里是去考察、调查，是去‘贴秋膘’去了。”呼市干部所说“贴秋膘”是说下去吃羊肉去了，但不是去吃烤肉，而是去吃手把羊肉。到了草原，少不了要吃几顿羊肉。有客人来，杀一只羊，这在牧民实在不算什么。关于手把羊肉，我曾写过一篇文章，收入《蒲桥集》，兹不重述。那篇文章漏了一句很重要的话，即羊肉要秋天才好吃，人概要到阳历儿月，羊才上膘，才肥。羊上了膘，人才可以去“贴”。

注释

原载《中国美食家》一九九三年七月试刊号。

栗子

栗子的形状很奇怪，像一个小刺猬。栗有“斗”，斗外长了长长的硬刺，很扎手。栗子在斗里围着长了一圈，一颗一颗紧挨着，很团结。当中有一颗是扁的，叫作脐栗。脐栗的味道和其他栗子没有什么两样。坚果的外面大都有保护层，松子有鳞瓣，核桃、白果都有苦涩的外皮，这大概都是为了对付松鼠而长出来的。

新摘的生栗子很好吃，脆嫩，只是栗壳很不好剥，里面的内皮尤其不好去。

把栗子放在竹篮里，挂在通风的地方吹几天，就成了“风栗子”。风栗子肉微有皱纹，微软，吃起来更为细腻有韧性。不像吃生栗子会弄得满嘴都是碎粒，而且更甜。贾宝玉为一件事生了气，袭人给他打岔，说："我想吃风栗子了。你给我取去。"怡红院的檐下是挂了一篮风栗子的。风栗子入《红楼梦》，身价就高起来，雅了。这栗子是什么来头，是贾蓉送来的？刘姥姥送来的？还是宝玉自己在外面买的？不知道，书中并未交代。

栗子熟食的较多。我的家乡原来没有炒栗子，只是放在火里烤。冬天，生一个铜火盆，丢几个栗子在通红的炭火里，一会儿，砰的一声，蹦出一个裂了壳的熟栗子，抓起来，在手里来回倒，连连吹气使冷，剥壳入口，香甜无比，是雪天的乐事。不过烤栗子要小心，弄不好会炸伤眼睛。烤栗子外国也有，西方有"火中取栗"的寓言，这栗子大概是烤的。

北京的糖炒栗子，过去讲究栗子是要良乡出产的。良乡栗子比较小，壳薄，炒熟后个个裂开，轻轻一捏，壳就破了，内皮一搓就掉，不"护皮"。据说良乡栗子原是进贡的，是西太后吃的（北方许多好吃的东西都说是给西太后进过贡）。

北京的糖炒栗子其实是不放糖的，昆明的糖炒栗子真的放糖。昆明栗子大，炒栗子的大锅都支在店铺门外，用大如玉米豆的粗砂炒，不时往锅里倒一碗糖水。昆明炒栗子的外壳是黏的，吃完了手上都是糖汁，必须洗手。栗肉为糖汁沁透，很甜。

炒栗子宋朝就有。笔记里提到的"爊栗"，我想就是炒栗子。汴京有个叫李和儿的，爊栗有名。南宋时有一使臣（偶忘其名姓）出使，有人遮道献爊栗一囊，即汴京李和儿也。一囊爊栗，寄托了故国之思，也很感人。

日本人爱吃栗子，但原来日本没有中国的炒栗子。有一年我在广交会的座谈会上认识一个日本商人，他是来买栗子的（每年都来买）。他在天津曾开过一家炒栗子的店，回国后还卖炒栗子，而且把他在天津开的炒栗子店铺的招牌也带到日本去，一直在东京的炒栗子店里挂着。他现在发了财，很感谢中国的炒栗子。

北京的小酒铺过去卖煮栗子。栗子用刀切破小口，加水，入花椒大料煮透，是极好的下酒物。现在不见有卖的了。

栗子可以做菜。栗子鸡是名菜，也很好做，鸡切块，栗子去皮壳，加葱、姜、酱油，加水淹没鸡块，鸡块熟后，下绵白糖，小火焖二十分钟即得。鸡须是当年小公鸡，栗须完整不碎。罗汉斋亦可加栗子。

我父亲曾用白糖煨栗子，加桂花，甚美。

北京东安市场原来有一家卖西式蛋糕、冰点心的铺子卖奶油栗子粉。栗子粉上浇稀奶油，吃起来很过瘾。当然，价钱是很贵的。这家铺子现在没有了。

羊羹的主料是栗子面。“羊羹”是日本话，其实只是潮湿的栗子面压成长方形的糕，与羊毫无关系。

河北的山区缺粮食，山里多栗树，乡民以栗子代粮。栗子当零食吃是很好吃的，但当粮食吃恐怕胃里不大好受。

注释

原载《家庭》一九九三年第八期。

狮子头

狮子头是淮安菜。猪肉肥瘦各半，爱吃肥的亦可肥七瘦三，要“细切粗斩”，如石榴米大小（绞肉机绞的肉末不行），荸荠切碎，与肉末同拌，用手抟成招柑大的球，入油锅略炸，至外结薄壳，捞出，放进水锅中，加酱油、糖，慢火煮，煮至透味，收汤放入深腹大盘。

狮子头松而不散，入口即化，北方的“四喜丸子”不能与之相比。

周总理在淮安住过，会做狮子头，曾在重庆红岩八路军办事处做过一次，说：“多年不做了，来来来，尝尝！”想必做得很成功，因为语气中流露出得意。

我在淮安中学读过一个学期，食堂里有一次做狮子头，一大锅油，狮子头像炸麻团似的在油里翻滚，捞出，放在碗里上笼蒸，下衬白菜。一般狮子头多是红烧，食堂所做却是白汤，我觉最能存其本味。

镇江肴蹄

镇江肴蹄，盐渍，加硝，放大盆中，以巨大石块压之，至肥瘦肉都已板实，取出，煮熟，晾去水汽，切厚片，装盘。瘦肉颜色殷红，肥肉白如羊脂玉，入口不腻。

吃肴肉，要蘸镇江醋，加嫩姜丝。

乳腐肉

乳腐肉是苏州松鹤楼的名菜，制法未详。我所做乳腐肉乃以意为之。猪肋肉一块，煮至六七成熟，捞出，俟冷，切大片，每片须带肉皮、肥瘦肉，用煮肉原汤入锅，红乳腐碾烂，加冰糖、黄酒，小火焖。乳腐肉嫩如豆腐，颜色红亮，下饭最宜。汤汁可蘸银丝卷。

腌笃鲜

上海菜。鲜肉和咸肉同炖，加扁尖笋。

东 坡 肉

浙江杭州、四川眉山，全国到处都有东坡肉。苏东坡爱吃猪肉，见于诗文。东坡肉其实就是红烧肉，功夫全在火候。先用猛火攻，大滚几开，即加作料，用微火慢炖，汤汁略起小泡即可。东坡论煮肉法，云须忌水，不得已时可以浓茶烈酒代之。完全不加水是不行的，会焦煳粘锅，但水不能多。要加大量黄酒。扬州炖肉，还要加一点高粱酒。加浓茶，我试过，也吃不出有什么特殊的味道。

传东坡有一首诗："无竹令人俗，无肉令人瘦。若要不俗与不瘦，除非天天笋烧肉。"未必可靠，但苏东坡有时是会写这种打油体的诗的。冬笋烧肉，是很好吃。我的大姑妈善做这道菜，我每次到姑妈家，她都做。

霉干菜烧肉

这是绍兴菜，全国各处皆有，但不似绍兴人三天两头就要吃一次。鲁迅一辈子大概都离不开霉干菜。《风波》里所写的蒸得乌黑的霉干菜很诱人，那大概是不放肉的。

黄鱼鲞烧肉

宁波人爱吃黄鱼鲞（黄鱼干）烧肉，广东人爱吃咸鱼烧肉，这都是外地人所不能理解的口味，其实这种搭配是很有道理的。近几年因为违法乱捕，黄鱼产量锐减，连新鲜黄鱼都很难吃到，更不用说黄鱼鲞了。

火　腿

浙江金华火腿和云南宣威火腿风格不同。金华火腿味清，宣威火腿味重。

昆明过去火腿很多，哪一家饭铺里都能吃到火腿。昆明人爱吃肘棒的部位，横切成圆片，外裹一层薄皮，里面一圈肥肉，当中是瘦肉，叫作“金钱片腿”。正义路有一家火腿庄，专卖火腿，除了整只的、零切的火腿，还可以买到火腿脚爪、火腿油。火腿油炖豆腐很好吃。护国路原来有一家本地馆子，叫“东月楼”，有一道名菜“锅贴乌鱼”，乃以乌鱼片两片，中夹火腿一片，在平底铛上烙熟，味道之鲜美，难以形容。前年我到昆明去，向本地人问起东月楼，说是早就没有了，“锅贴乌鱼”遂成《广陵散》。

华山南路吉庆祥的火腿月饼，全国第一。一个重旧秤四两，名曰“四两砣”。吉庆祥还在，而且有了分号，所制四两砣不减当年。

腊　肉

湖南人爱吃腊肉。农村人家杀了猪，大部分都腌了，挂在厨灶房梁上，烟熏成腊肉。我不怎样爱吃腊肉，有一次在长沙一家大饭店吃了一回蒸腊肉，这盘腊肉真叫好。通常的腊肉是条状，切片不成形，这盘腊肉却是切成颇大的整齐的方片，而且蒸得极烂，我没有想到腊肉能蒸得这样烂！入口香糯，真是难得。

夹沙肉·芋泥肉

夹沙肉和芋泥肉都是甜的，夹沙肉是川菜，芋泥肉是广西菜。厚膘臀尖肉，煮半熟，捞出，沥去汤，过油灼肉皮起泡，候冷，切大片，两片之间不切通，夹入豆沙，装碗笼蒸，蒸至四川人所说“粑而不烂”倒扣在盘里，上桌，是为夹沙肉。芋泥肉做法与夹沙肉相似，芋泥较豆沙尤为细腻，且有芋香，味较夹沙肉更胜一筹。

白肉火锅

白肉火锅是东北菜。其特点是肉片极薄，是把大块肉冻实了，用刨子刨出来的，故入锅一涮就熟，很嫩。白肉火锅用海蛎子（蚝）做锅底，加酸菜。

烤乳猪

烤乳猪原来各地都有，清代满汉餐席上必有这道菜，后来别处渐渐没有，只有广东一直盛行，大饭店或烧腊摊上的烤乳猪都很好。烤乳猪如果抹一点甜面酱卷薄饼吃，一定不亚于北京烤鸭。可惜广东人不大懂得吃饼，一般烤乳猪只作为冷盘。

一九九二年九月九日

注释

原载《家庭》一九九三年第三期。

石斑

我第一次吃石斑鱼是一九四七年，在越南海防一家华侨开的饭馆里。那吃法很别致。一条很大的石斑，红烧，同时上一大盘生的薄荷叶。我仿照邻座人的办法，吃一口石斑鱼，嚼几片薄荷叶。这薄荷可把口中残余的鱼味去掉，再吃第二口，则鱼味常新。这种吃法，国内似没有。越南人爱吃薄荷，华侨饭馆这样的搭配，盖受越南人之影响。

石斑鱼有红斑、青斑——即灰鼠斑。灰鼠斑尤为名贵，清蒸最好。

鳜 鱼

可以和石斑相媲美的淡水鱼，其谓鳜鱼乎？张志和《渔父》词：“西塞山前白鹭飞，桃花流水鳜鱼肥”，一经品题，身价十倍。我的家乡是水乡，产鱼，而以“鳊、白、鲚”为三大名鱼：“鲚”是鲚花鱼，即鳜鱼。徐文长以为“鲚”字应作“罽”。“罽”是古代的花毯。鲚花鱼身上有黄黑的斑点，似“罽”。但“罽”字今人多不识，如果饭馆的菜单上出现这个字，顾客将不知道这是什么东西。鳜鱼肉细，是蒜瓣肉，刺少，清蒸、汆汤、红烧、糖醋皆宜。苏南饭馆做“松鼠鳜鱼”，甚佳。

一九三八年，我在淮安吃过干炸鲚花鱼。活鳜鱼，重三斤，加花刀，在大油锅中炸熟，外皮酥脆，鱼肉白嫩，蘸花椒盐吃，极妙。和我一同吃的有小叔父汪兰生、表弟董受申。汪兰生、董受申都去世多年了。

鲥鱼·刀鱼·鮰鱼

这都是江鱼。

鲥鱼现在卖到二百多块钱一斤，成了走后门送礼的东西，“吃的人不买，买的人不吃”。

刀鱼极鲜、肉极细，但多刺。金圣叹尝以为刀鱼刺多是人生恨事之一。不会吃刀鱼的人是很容易卡到嗓子的。镇江人以刀鱼煮至稀烂，用纱布滤去细刺，以做汤、下面，即谓“刀鱼面”，很美。

我在江阴读南菁中学时，常常吃到鮰鱼，学校食堂里常做这东西。在江阴是很便宜的。鮰鱼本名鮠鱼，但今人只叫它鮰鱼。

鮰鱼大概也能红烧。但我在中学时吃的鮰鱼都是白烧。后来在汉口的璇宫饭店吃的，也是白烧。鮰鱼肉厚，切块放在碗里，没有吃过的人会以为这是鸡块。鮰鱼几乎无刺，大块入口，吃起来很过瘾，宜于馋而懒的人。或说鮰鱼是吃死人的。江里哪有那么多的死人？！鮰鱼吃鱼，是确实的。凡吃鱼的鱼都好吃。鳜鱼也是吃鱼的。养鱼的池塘里是不能有鳜鱼的，见鳜鱼，即捕去。

黄河鲤鱼

我不爱吃鲤鱼，因为肉粗，且有土腥气，但黄河鲤鱼除外。在河南开封吃过黄河鲤鱼，后来在山东水泊梁山下吃过黄河鲤鱼，名不虚传。辨黄河鲤鱼与非黄河鲤鱼，只需看鲤鱼剖开后内膜是白的还是黑的。白色者是真黄河鲤，黑色者是假货。梁山一带人对鲤鱼很重视，酒席上必须有鲤鱼，“无鱼不成席”。婚宴尤不可少。梁山一带人对即将结婚的青年男女，不说是“等着吃你的喜酒”，而说“等着吃你的鱼！”鲤鱼要吃三斤左右的，价也最贵。《水浒传·吴学究说三阮撞筹》中，吴用说他“在一个大财主家做门馆教学，今来要对付十数尾金色鲤鱼，要重十四五斤的”。鲤鱼大到十四五斤，不好吃了，写《水浒》的施耐庵、罗贯中对吃鲤鱼外行。

虎头鲨和昂嗤鱼

虎头鲨和昂嗤鱼原来都是贱鱼，在我的家乡是上不得席的，现在都变得名贵了。

苏州人特重塘鳢鱼，谈起来眉飞色舞。我到苏州一看：嗐，原来就是我们那里的虎头鲨。虎头鲨头大而硬，鳞色微紫，有小黑斑，样子很凶恶，而肉极嫩。我们家乡一般用来氽汤，汤里加醋。昂嗤鱼阔嘴有须，背黄腹白，无背鳍，背上有一根硬骨，捏住硬骨，它会“昂嗤昂嗤”地叫。过去也是氽汤、不放醋，汤白如牛乳。近年家乡兴起炒昂嗤鱼片，谓之“炒金银片”，亦佳。

鳝　鱼

淮安人能做全鳝席，一桌子菜，全是鳝鱼。除了烤鳝背、炝虎尾等名堂，主要的做法：一是炒，二是烧。鳝鱼烫熟切丝再炒，叫作“软兜”；生炒叫炒脆鳝。红烧鳝段叫“火烧马鞍桥”，更粗的鳝段叫“闷张飞”。制鳝鱼都要下大量姜蒜，上桌后撒胡椒，不厌其多。

一九九二年九月十四日

注释

原载《家庭》一九九三年第一期。

果蔬秋浓

中国人吃东西讲究色香味。关于色味，我已经写过一些话，今只说香。

水果店

江阴有几家水果店，最大的是正街正对寿山公园的一家，水果多，个大，饱满，新鲜。一进门，扑鼻而来的是浓浓的水果香。最突出的是香蕉的甜香。这香味不是时有时无，时浓时淡，一阵一阵的，而是从早到晚都是这么香，一种长在的、永恒的香。香透肺腑，令人欲醉。

我后来到过很多地方，走进过很多水果

店，都没有这家水果店的浓厚的果香。这家水果店的香味使我常常想起，永远不忘。

那年我正在恋爱，初恋。

果蔬秋浓

今天的活是收萝卜。收萝卜是可以随便吃的——有些果品不能随便吃，顶多尝两个，如二十世纪明月（梨）、柔丁香（葡萄），因为产量太少了，很金贵。萝卜起出来，堆成小山似的。农业工人很有经验，一眼就看出来，这是一般的，过了磅卖出去；这几个好，留下来自己吃。不用刀，用棒子打它一家伙，“棒打萝卜”嘛。咔嚓一声，萝卜就裂开了。萝卜香气四溢，吃起来甜、酥、脆。我们种的是心里美。张家口这地方的水土好像特别宜于萝卜之类作物生长，苤蓝有篮球大，疙瘩白（圆白菜）像一个小铜盆。萝卜多汁，不艮，不辣。

红皮小水萝卜，生吃也很好（有萝卜我不吃水果），我的家乡叫作“杨花萝卜”，因为杨树开花时卖。过了那几天就老了。小红萝卜气味清香。

江青一辈子只说过一句正确的话：“小萝卜去皮，真是煞风景！”我们有时陪她看电影，开座谈会，听她东一句西一句地漫谈。开会都是半夜（她白天睡觉，夜里办公），会后有一点夜宵。有时有凉拌小萝卜。人民大会堂的厨师特别巴结，小萝卜都是削皮的。萝卜去皮，吃起来不香。

南方的黄瓜不如北方的黄瓜，水叽叽的，吃起来没有黄瓜香。

都爱吃夏初出的顶花带刺的嫩黄瓜，那是很好吃，一咬满口

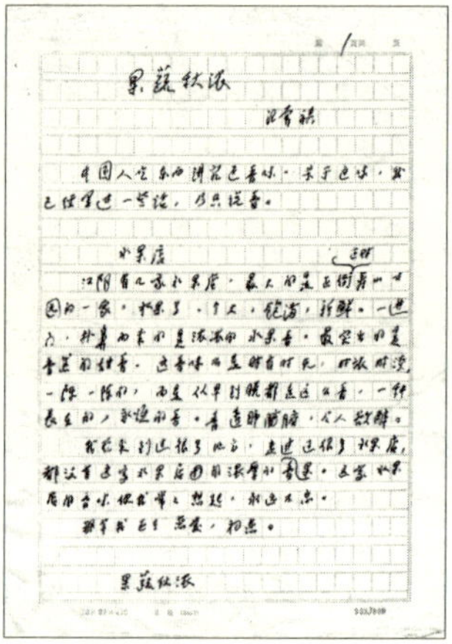

果蔬秋浓

汪曾祺

《果蔬秋浓》手稿

香，嫩黄瓜最好攥在手里整咬，不必拍，更不宜切成细丝。但也有人爱吃二茬黄瓜——秋黄瓜。

呼和浩特有一位老八路，官称“老李森”。此人保留了很多农民的习惯，说起话来满嘴粗话。我们请他到宾馆里来介绍情况，他脱下一只袜子来，一边摇着这只袜子，一边谈，嘴里隔三句就要加 个“我操你妈！”他到一个老朋友曹文玉家来看我们。曹家院里有几架自种的黄瓜，他进门就摘了两条嚼起来。曹文玉说：“你洗一洗！”——“洗它做啥！”

我老是想起这两句话：“宁吃一斗葱，莫逢屈突通。”这两句话大概出自杨升庵的《古谣谚》。屈突通不知是什么人，印象中好像是北朝的一个很凶恶的武人。读书不随手做点笔记，到要用时就想不起来了。我为什么老是要想起这两句话呢？因为我每天都要吃葱，爱吃葱。

“小葱拌豆腐——一青（清）二白”，每年小葱下来时我都要吃几次小葱拌豆腐，盐，香油，少量味精。

羊角葱蘸酱卷煎饼。

再过几天，新葱——新鲜的大葱就下来了。

我在一九五八年被定为右派，尚未下放，曾在西山八大处干了一阵活，为大葱装箱。是山东大葱，出口的，可能是出口到东南亚的。这样好的大葱我真没有见过，葱白够一尺长，粗如擀面杖。我们的任务是把大葱在大箱里码整齐，钉上木板。闻得出来，这大葱味甜不辣，很香。

新山药（土豆，马铃薯）快下来了，新山药入大笼蒸熟，一揭屉盖，喷香！山药说不上有什么味道，可是就是有那么一种新山药气。羊肉卤蘸莜面卷，新山药，塞外美食。

苤蓝、茄子，口外都可以生吃。

逐　臭

“臭豆腐、酱豆腐，王致和的臭豆腐！”过去卖臭豆腐、酱豆腐是由小贩担子沿街串巷吆喝着卖的。王致和据说是有这么个人的。皖南屯溪人，到北京来赶考，不中，穷困落魄，流落在北京，百无聊赖，想起家乡的臭豆腐，遂依法炮制，沿街叫卖，生意很好，干脆放弃功名，以此为生。这个传说恐怕不可靠。一个皖南人跑到北京来赶考，考的是什么功名？无此道理。王致和臭豆腐家喻户晓，世代相传，现在成了什么“集团”，厂房很大，但是商标仍是“王致和”。王致和臭豆腐过去卖得很便宜，是北京最便宜的一种贫民食品，都是用筷子夹了卖，现在改用方瓶码装，卖得很贵，成了奢侈品。有一个侨居美国的老人，晚年不断地想北京的臭豆腐，再来一碗热汤面，此生足矣。这个愿望本不难达到，但是臭豆腐很臭，上飞机前检查，绝对通不过，老华人恐怕将带着他的怀乡病，抱恨以终。

臭豆腐闻起来臭，吃起来香。有一位女同志，南京人。爱人到南京出差，问她要带什么东西。——“臭豆腐。”她爱人买了一些，带到火车上。一车厢都大叫：“这是什么味道？什么味道！”我们在长沙，想尝尝火宫殿的臭豆腐，循味跟踪，臭味渐浓，“快了，快到了，闻到臭味了嘛！”到了眼前，是一个公共厕所！

其实油炸臭豆腐干不只长沙有。我在武汉、上海、南京，都吃过。昆明的是烤臭豆腐，把臭油豆干放在下置炭火的铁箅子上烤。南京夫子庙卖油炸臭豆腐干用竹签子串起来，十个一串，像北京的冰糖葫芦似的，穿了薄纱的旗袍或连衣裙的女郎，描眉画眼，一人手里拿了两三串臭豆腐，边走边吃，也是一种景观，他处所无。

吃臭，不只中国有，外国也有，我曾在美国吃过北欧的臭启司。招待我们的诗人保罗·安格尔，以为我吃不来这种东西。我连王致和臭豆腐都能整块整块地吃，还在乎什么臭启司！待老夫吃一个样儿叫你们见识见识！

不臭不好吃，越臭越好吃，口之于味并不都是“有同嗜焉”。

一九九六年三月二十七日

注释

原载《小说》一九九六年第四期。

辣椒

一九六五年五一节前我到重庆写剧本。没事，和几个小演员上街闲逛。远远看见一堵白墙，黑漆刷书三个颜体大字："麻辣烫"。走近一看，是个卖面条的小馆了。四川吃食都是辣的。这几个女孩子辣怕了。有一次我带她们去吃汤圆。一个唱老旦的，进门就嚷："不要辣椒！"卖汤圆的师傅白了她一眼："汤圆没有放辣椒的！"

西南几省都吃辣，我觉得最能吃辣的是贵州人。我在西南联大时和几个贵州同学去吃过桥米线，他们搞了 捧辣极了的青辣椒，在火上烤烤，喝白酒！别的省只是吃辣，四川人是既辣且麻。川菜大都要放花椒。生花椒，剁碎，菜做好了后下。川剧名丑李文杰请我们吃饭，有一道水煮牛肉。我不知深浅，夹了一筷，一入口，噎得我出不了气。

为什么四川人那样爱吃辣呢？原因很多。有人说四川气候潮湿，吃辣椒可以祛除潮气，理或有之。这是从小养成的习惯。我在新都曾看见一个孩子（也就是三岁吧）蹲在妈妈背上的背笼里吃零食。一看，他是吧唧吧唧地在嚼一个泡辣椒！我以为吃辣主要是为了开胃、刺激食欲、解馋、下饭。张家口农民有言："要解馋，辣加咸"；又说："辣椒是穷人的肉。"南北皆然。要说为了赶潮气，张家口气候并不潮湿。吃辣，最初可能是因为没有什么好吃的。

我见过的真正的正宗川味，是在重庆一个饭摊上。木桶里的干饭蒸得不软不硬，热腾腾的。菜，没有，只有七八样用辣椒拌得通红的咸菜，码在粗瓷大盘里。一位从乡坝头来的乡亲把扁担绳子靠在一边，在长凳上坐下来，要了两份"帽儿头"，一碟辣咸菜。顷刻之间，就"杀搁"了。到茶馆里要了一碗大叶粗茶，咕咚咕咚喝一气，打一个响嗝。茶香浓酽，米饭回甘，硬是安逸！

注释

原载一九九七年一月七日《重庆晚报》。

豆汁儿

没有喝过豆汁儿，不算到过北京。

小时看京剧《豆汁记》(即《鸿鸾禧》，又名《金玉奴》，一名《棒打薄情郎》)，不知“豆汁”为何物，以为即是豆腐浆。

到了北京，北京的老同学请我吃了烤鸭、烤肉、涮羊肉，问我:“你敢不敢喝豆汁儿？”我是个“有毛的不吃掸子，有腿的不吃板凳，大荤不吃死人，小荤不吃苍蝇”的，喝豆汁儿，有什么不“敢”？他带我去到一家小吃店，要了两碗，警告我说:“喝不了，就别喝。有很多人喝了一口就吐了。”我端起碗来，几口就喝完了。我那同学问:“怎么样？”我说:“再来一碗。”

豆汁儿是制造绿豆粉丝的下脚料，很便宜。过去卖生豆汁儿的，用小车推一个有盖的木桶，串背街、胡同。不用“唤头”（招徕顾客的响器），也不吆唤。因为每天串到哪里，大都有准时候。到时候，就有女人提了一个什么容器出来买。有了豆汁儿，这天吃窝头就可以不用熬稀粥了。这是贫民食物。《豆汁记》的金玉奴的父亲金松是“杆儿上的”（叫花头），所以家里有吃剩的豆汁儿，可以给莫稽盛一碗。

卖熟豆汁儿的，在街边支一个摊子。一口铜锅，锅里一锅豆汁儿，用小火熬着。熬豆汁儿只能用小火，火大了，豆汁儿一翻大泡，就“澥”了。豆汁儿摊上备有辣咸菜丝——水疙瘩切细丝浇辣椒油；烧饼；焦圈——类似油条，但做成圆圈，焦脆。卖力气的，走到摊边坐下，要几套烧饼焦圈，来两碗豆汁儿，就一点辣咸菜，就是一顿饭。

豆汁儿摊上的咸菜是不算钱的。有保定老乡坐下，掏出两个馒头，问“豆汁儿多少钱一碗”，卖豆汁儿的告诉他，“咸菜呢？”——“咸菜不要钱。”——“那给我来一碟咸菜。”

常喝豆汁儿，会上瘾。北京的穷人喝豆汁儿，有的阔人家也爱喝。梅兰芳家有一个时候，每天下午到外面端一锅豆汁儿，全家大小，一人喝一碗。豆汁儿是什么味儿？这可真没法说。这东西是绿豆发了酵的，有股子酸味。不爱喝的说是像泔水，酸臭。爱喝的说：别的东西不能有这个味儿——酸香！这就跟臭豆腐和启司一样，有人爱，有人不爱。

豆汁儿沉底，干糊糊的，是麻豆腐。羊尾巴油炒麻豆腐，加几个青豆嘴儿（刚出芽的青豆），极香。这家这天炒麻豆腐，煮饭时得多量一碗米，——每人的胃口都开了。

八月十六日

宋朝人的吃喝

唐宋人似乎不怎么讲究大吃大喝。杜甫的《丽人行》里列叙了一些珍馐，但多系夸张想象之辞。五代顾闳中所绘《韩熙载夜宴图》主人客人面前案上所列的食物不过八品，四个高足的浅碗，四个小碟子。有一碗是白色的圆球形的东西，有点像外面滚了米粒的蓑衣丸子。有一碗颜色是鲜红的，很惹眼，用放大镜细看，不过是几个带蒂的柿子！其余的看不清是什么。苏东坡是个有名的馋人，但他爱吃的好像只是猪肉。他称赞"黄州好猪肉"，但还是"富者不解吃，贫者不解煮"。他爱吃猪头，也不过是煮得稀烂，最后浇一勺杏酪。——杏酪想必是酸里咕叽的，可以解腻。有人"忽出新意"

以山羊肉为玉糁羹，他觉得好吃得不得了。这是一种什么东西？大概只是山羊肉加碎米煮成的糊糊罢了。当然，想象起来也不难吃。

宋朝人的吃喝好像比较简单而清淡。连有皇帝参加的御宴也并不丰盛。御宴有定制，每一盏酒都要有歌舞杂技，似乎这是主要的，吃喝在其次。幽兰居士《东京梦华录》载《宰执亲王宗室百官入内上寿》，使臣诸卿只是“每分列环饼、油饼、枣塔为看盘，次列果子。惟大辽加之猪羊鸡鹅兔连骨熟肉为看盘，皆以小绳束之。又生葱韭蒜醋各一碟。三五人共列浆水一桶，立杓数枚”。“看盘”只是摆样子的，不能吃的。“凡御宴至第三盏，方有下酒肉、咸豉、爆肉、双下驼峰角子”。第四盏下酒是炙子骨头、索粉、白肉胡饼；第五盏是群仙炙、天花饼、太平毕罗、干饭、缕肉羹、莲花肉饼；第六盏假圆鱼、密浮酥捺花；第七盏排炊羊、胡饼、炙金肠；第八盏假沙鱼、独下馒头、肚羹；第九盏水饭、簇饤下饭。如此而已。

宋朝市面上的吃食似乎很便宜。《东京梦华录》云：“吾辈入店，则用一等玻璃浅棱碗，谓之‘碧碗’，亦谓之‘造羹’，菜蔬精细，谓之‘造齑’，每碗十文。”“会仙楼”条载：“止两人对坐饮酒……即银近百两矣”，初看吓人一跳。细看，这是指餐具的价值——宋人餐具多用银。

几乎所有记两宋风俗的书无不记“市食”。钱塘吴自牧《梦粱录·分茶酒店》最为详备。宋朝的肴馔好像多是“快餐”，是现成的。中国古代人流行吃羹。“三日入厨下，洗手作羹汤”，不说是洗手炒肉丝。《水浒传》林冲的徒弟说自己“安排得好菜蔬，端整得好汁水”，“汁水”也就是羹。《东京梦华录》云“旧只用匙今皆用箸矣”，可见本都是可喝的汤水。其次是各种爊菜、爊鸡、爊鸭、爊鹅。再次是半干的肉脯和全干的肉犯。几本书里都提到“影戏犯”，我觉得这就是四川的灯影牛肉一类的东西。炒菜也有，如炒蟹，但极少。

宋朝人饮酒和后来有些不同的，是总要有些鲜果干果，如柑、梨、蔗、柿，炒栗子、新银杏，以及莴苣、“姜油多”之类的菜蔬和玛瑙饧、泽州饧之类的糖稀。《水浒传》所谓“铺下果子按酒”，即指此类东西。

宋朝的面食品类甚多。我们现在叫作主食，宋人却叫“从食”。面食主要是饼。《水浒》动辄说“回些面来打饼”。饼有门油、菊花、宽焦、侧厚、油锅、新样满麻……《东京梦华录》载武成王庙前海州张家、皇建院前郑家最盛，每家有五十余炉。五十几个炉子 起烙饼，真是好家伙！

遍检《东京梦华录》《都城纪胜》《西湖老人繁胜录》《梦粱录》《武林旧事》，都没有发现宋朝人吃海参、鱼翅、燕巢的记载。吃这种滋补性的高蛋白的海味，大概从明朝才开始。这大概和明朝人的纵欲有关系，记得鲁迅好像曾经说过。

宋朝人好像实行的是“分食制”。《东京梦华录》云“用一等琉璃浅棱碗……每碗十文”，可证。《韩熙载夜宴图》上画的也是各人一份，不像后来大家合坐一桌，大盘大碗，筷子勺子一起来。这一点是颇合卫生的，因不易传染肝炎。

一九八七年一月十八日

注释

原载《作家》一九八七年第六期。

马铃薯

马铃薯的名字很多。河北、东北叫土豆，内蒙古、张家口叫山药，山西叫山药蛋，云南、四川叫洋芋，上海叫洋山芋，除了搞农业科学的人，大概很少人叫得惯马铃薯。我倒是叫得惯了。我曾经画过一部《中国马铃薯图谱》。这是我一生中的一部很奇怪的作品。图谱原来是打算出版的，因故未能实现。原稿旧存沙岭子农业科学研究所，“文化大革命”中毁了，可惜！

一九五八年，我下放张家口沙岭子农业科学研究所劳动。一九六〇年摘了右派分子帽子，结束了劳动，一时没有地方可去，留在所里打杂。所里要画一套马铃薯图谱，把

张家口坝上有芍药山，整个山头都是野生芍药。一九九六年十一月忆写印象。我在坝上是一九六〇年，距今三十六年矣。
汪曾祺

任务交给了我。所里有一个下属的马铃薯研究站，设在沽源。我在张家口买了一些纸笔颜色，乘车往沽源去。

马铃薯是适于在高寒地带生长的作物。马铃薯会退化。在海拔较低、气候温和的地方种一二年，薯块就会变小。因此，每年都有很多省市开车到张家口坝上来调种。坝上成为供应全国薯种的基地。沽源在坝上，海拔一千四，冬天冷到零下四十度，马铃薯研究站设在这里，很合适。

这里集中了全国的马铃薯品种，分畦种植，正是开花的季节，真是洋洋大观。

我在沽源，究竟是一种什么心情，真是说不清。远离了家人和故友，独自生活在荒凉的绝塞，可以谈谈心的人很少，不免有点寂寞，另外一方面，摘掉了帽子，总有一种轻松感。日子过得非常悠闲。没有人管我，也不需要开会。一早起来，到马铃薯地里（露水很重，得穿了浅靿的胶靴），掐了一把花，几枝叶子，回到屋里，插在玻璃杯里，对着它画。马铃薯的花是很好画的。伞形花序，有一点像复瓣水仙。颜色是白的、浅紫的。紫花有的偏红，有的偏蓝。当中一个高庄小窝头似的黄心。叶子大都相似，奇数羽状复叶，只是有的圆一点，有的尖一点，颜色有的深一点，有的淡一点，如此而已。我画这玩意儿又没有定额，尽可慢慢地画，不过我画得还是很用心的，尽量画得像。我曾写过一首长诗，记述我的生活，代替书信，寄给一个老同学。原诗已经忘了，只记得两句："坐对一丛花，眸子炯如虎"。画画不是我的本行，但是"工作需要"，我也算起了一点作用，倒是颇堪自慰的。沽源是清代的军台，我在这里工作，可以说是"发往军台效力"，我于是用画马铃薯的红颜色在带来的一本《梦溪笔谈》的

在家中作画，摄于一九九四年。

扉页上画了一方图章："效力军台"——我带来一些书，除《梦溪笔谈》外，有《癸巳类稿》《十驾斋养新录》，还有一套商务印书馆铅印本"四史"。晚上不能作画——灯光下颜色不正，我就读这些书。我自成年后，读书读得最专心的，要算在沽源这一段时候。

我对马铃薯的科研工作有过一点很小的贡献：马铃薯的花都是没有香味的。我发现有一种马铃薯，"麻土豆"的花，却是香的。我告诉研究站的研究人员，他们都很惊奇："是吗？——真的！我们搞了那么多年马铃薯，还没有发现。"

到了马铃薯逐渐成熟——马铃薯的花一落，薯块就成熟了，我就开始画薯块。那就更好画了，想画得不像都不大容易。画完一种薯块，我就把它放进牛粪火里烤烤，然后吃掉。全国像我一样吃过那么多种马铃薯的人，大概不多！马铃薯的薯块之间的区别比花、叶要明显。最大的要数"男爵"，一个可以当一顿饭。有一种味极甜脆，可以当水果生吃。最好的是"紫土豆"，外皮乌紫，薯肉黄如蒸栗，味道也像蒸栗，入口更为细腻。我曾经扛回一袋，带到北京。春节前后，一家大小，吃了好几天。我很奇怪：“紫土豆”为什么不在全国推广呢？

马铃薯原产南美洲，现在遍布全世界。苏联卫国战争时期的小说，每每写战士在艰苦恶劣的前线战壕中思念家乡的烤土豆，“马铃薯”和“祖国”几乎成了同义字。罗宋汤、沙拉，离开了马铃薯做不成，更不用说奶油烤土豆、炸土豆条了。

马铃薯传入中国，不知始于何时。我总觉得大概是明代，和郑和下西洋有点缘分。现在可以说遍及全国了。沽源马铃薯研究站不少品种是从康藏高原、大小凉山移来的。马铃薯是山西、内蒙古、张家口的主要蔬菜。这些地方的农村几乎家家都有山药窖，民歌里都唱：“想哥哥想得迷了窍，抱柴火跌进了山药窖。”“交城的山里没有好茶饭，只有莜面栲栳栳，还有那山药蛋”。山西的作者群被称为“山药蛋派”。呼和浩特的干部有一点办法的，都能到武川县拉一车山药回来过冬。大笼屉蒸新山药，是待客的美餐。张家口坝上、坝下，山药、西葫芦加几块羊肉爊一锅烩菜，就是过年。

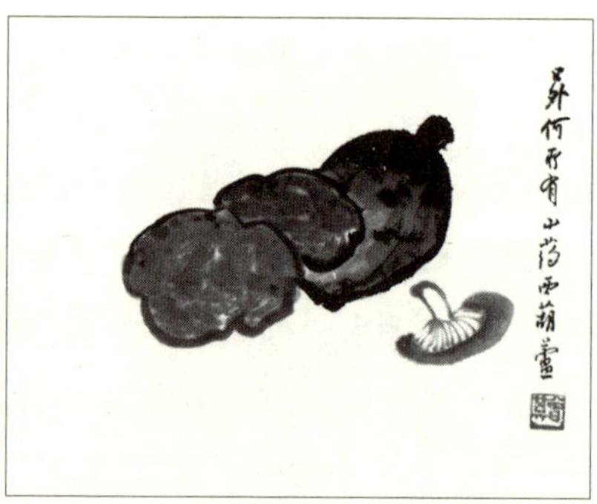

口外何所有，山药西葫芦。

中国的农民不知有没有一天也吃上罗宋汤和沙拉。也许即使他们的生活提高了，也不吃罗宋汤和沙拉，宁可在大烩菜里多加几块肥羊肉。不过也说不定。中国人过去是不喝啤酒的，现在北京郊区的农民喝啤酒已经习惯了。我希望中国农民也会爱吃罗宋汤和沙拉。因为罗宋汤和沙拉是很好吃的。

一九八七年二月十六日

注释

原载《作家》一九八七年第六期。

鳜鱼

读《徐文长佚草》，有一首《双鱼》：

如罽鳜鱼如栉鲋，鬐张腮呷跳纵横。
遗民携立岐阳上，要就官船脍具烹。

青藤道士画并题。鳜鱼不能屈曲，如僵蹶也。罽音计，即今花毯，其鳞纹似之，故曰罽鱼。鲫鱼群附而行，故称鲋鱼。旧传败栉所化，或因其形似耳。

这是一首题画诗。使我发生兴趣的是诗后的附注。鳜鱼为什么叫作鳜鱼呢？是因为它“不能屈曲，如僵蹶也”。此说似有理。鳜鱼是不能屈曲的，因为它的脊骨很硬，但又觉得有些勉强，有点像王安石的《字说》。这种解释我没有听说过，很可能是徐文长自己琢磨出来的。但说它为什么又叫罽鱼，是有道理的。附注里的“即今花毬”，“毬”字肯定是刻错了或排错了的字，当作“毯”。“罽”是杂色的毛织品，是一种衣料。《汉书·高帝纪下》：“贾人毋得衣锦绣、绮縠、絺纻、罽。”这种毛料子大概到徐文长的时候已经没有了，所以他要注明“即今花毯”。其实罽有花，却不是毯子。用毯子做衣服，未免太厚重。用当时可见的花毯来比罽，原也是没有办法的办法。而且罽或𦆲，这个字十六世纪认得的人就不多了，所以徐文长注曰“音计”。鳜鱼有些地方叫作“鯚花鱼”，如松花江畔的哈尔滨和我的家乡高邮，北京人则反过来读成“花鯚”，叫作“鯚花”是没有讲的。正字应写成“罽花”。鳜鱼身上有杂色斑点，大概古代的罽就是那样，不过如果有哪家饭馆里的菜单上写出“清蒸罽花鱼”，绝大部分顾客一定会不知道这是什么东西。即使写成“鳜鱼”，有人怕也不认识，很可能念成“厥鱼”（今音）。我小时候有一位老师教我们张志和的《渔父》，“西塞山前白鹭飞，桃花流水鳜鱼肥”，就把“鳜鱼”读成“厥鱼”。因此，现在很多饭馆都写成“桂鱼”。其实这是都可以的吧，写成“鯚花鱼”“桂鱼”，都无所谓，只要是那个东西。不过知道“罽花鱼”的由来，也不失为一件有趣的事。

鳜鱼是非常好吃的。鱼里头，最好吃的，我以为是鳜鱼。刀鱼刺多，鲥鱼一年里只有那么几天可以捕到。堪与鳜鱼匹敌的，大概只有南方的石斑，尤其是青斑，即“灰鼠石斑”。鳜鱼刺少，

汪曾祺画作

肉厚。蒜瓣肉。肉细、嫩、鲜。清蒸、干烧、糖醋，做松鼠鱼，皆妙。氽汤，汤白如牛乳，浓而不腻，远胜鸡汤鸭汤。我在淮安曾多次吃过“干炸鲟花鱼”。二尺多长的活治整鳜鱼入大锅滚油干炸，蘸椒盐，吃了令人咋舌。至今思之，只能如张岱所说：“酒足饭饱，惭愧惭愧！”

鳜鱼的缺点是不能放养，因为它是吃鱼的。“大鱼吃小鱼”，其实吃鱼的鱼并不多，据我所知，吃鱼的鱼，只有几种：鳜鱼、鮰鱼、黑鱼（鲨鱼、鲸鱼不算）。鮰鱼本名鮠。《本草纲目·鳞部四》：“北人呼鳠，南人呼鮠，并与鮰音相近，迩来通称鮰鱼，而鳠、鮠之名不彰矣。”黑鱼本名乌鳢，现在还有这么叫的，林斤澜《矮凳桥风情》里写了乌鳢，有人看了以为这是一种带神秘色彩的古怪东西，其实即黑鱼而已。

凡吃鱼的鱼，生命力都极顽强。我小时曾在河边看人治黑鱼，内脏都掏空了，此黑鱼仍能跃入水中游去。我在小学时垂钓，曾钓着一条大黑鱼，心里喜欢得怦怦跳，不料大黑鱼把我的钓线挣断，嘴边挂着鱼钩和挺长的一截线游走了！

一九八七年七月八日

注释

原载《北京文学》一九八七年第十一期。

家常酒菜

家常酒菜，一要有点新意，二要省钱，三要省事。偶有客来，酒渴思饮。主人卷袖下厨，一面切葱姜，调作料，一面仍可陪客人聊天，显得从容不迫，若无其事，方有意思。如果主人手忙脚乱，客人坐立不安，这酒还喝个什么劲！

拌菠菜

拌菠菜是北京大酒缸最便宜的酒菜。菠菜焯熟，切为寸段，加一勺芝麻酱、蒜汁，或要芥末，随意。过去（一九四八年以前）才三分钱一碟。现在北京的大酒缸已经没有了。

我做的拌菠菜稍为细致。菠菜洗净，去根，在开水锅中焯至八成熟（不可盖锅煮烂），捞出，过凉水，加一点盐，剁成菜泥，挤去菜汁，以手在盘中抟成宝塔状。先碎切香干（北方无香干，可以熏干代），如米粒大，泡好虾米，切姜末、青蒜末。香干末、虾米、姜末、青蒜末，手捏紧，分层堆在菠菜泥上，如宝塔顶。好酱油、香醋、小磨香油及少许味精在小碗中调好。菠菜上桌，将调料轻轻自塔顶淋下。吃时将宝塔推倒，诸料拌匀。

这是我的家乡制拌枸杞头、拌荠菜的办法。北京枸杞头不入馔，荠菜不香。无可奈何，代以菠菜，亦佳。清馋酒客，不妨一试。

拌萝卜丝

小红水萝卜，南方叫“杨花萝卜”，因为是杨花飘时上市的。洗净，去根须，不可去皮。斜切成薄片，再切为细丝，愈细愈好。加少糖，略腌，即可装盘，轻红嫩白，颜色可爱。扬州有一种菊花，即叫“萝卜丝”。临吃，浇以三合油（酱油、醋、香油）。

或加少量海蜇皮细丝同拌，尤佳。

家乡童谣曰：“人之初，鼻涕拖，油炒饭，拌萝菠”，可见其普遍。

若无小水萝卜，可以心里美或卫青代，但不如杨花萝卜细嫩。

干　丝

干丝是扬州菜。北方买不到扬州那种质地紧密，可以片薄片、切细丝的方豆腐干，可以豆腐片代。但须选色白，质紧，片薄者。

切极细丝，以凉水拔二三次，去盐卤味及豆腥气。

拌干丝，拔后的豆腐片细丝入沸水中煮两三开，捞出，沥去水，置浅汤碗中。青蒜切寸段，略焯，虾米发透，并堆置豆腐丝上。五香花生米搓去皮膜，撒在周围。好酱油、小磨香油、醋（少量），淋入，拌匀。

煮干丝。鸡汤或骨头汤煮。若无鸡汤骨汤，用高压锅煮几片肥瘦肉取汤亦可，但必须有荤汤。加火腿丝、鸡丝。亦可少加冬菇丝、笋丝。或入虾仁、干贝，均无不可。欲汤白者入盐。或稍加酱油（万不可多），少量白糖，则汤色微红。拌干丝宜素，要清爽；煮干丝则不厌浓厚。

无论拌干丝、煮干丝，都要加姜丝，多多益善。

爱美食的汪曾祺常常亲自下厨烹饪饭菜

扦瓜皮

黄瓜（不太老即可）切成寸段，用水果刀从外至内旋成薄条，如带，成卷。剩下带籽的瓜心不用，酱油、糖、花椒、大料、桂皮、胡椒（破粒）、干红辣椒（整个）、味精、料酒（不可缺）调匀。将扦好的瓜皮投入料汁，不时以筷子翻动，使瓜皮沾透料汁，腌约一小时，取出瓜皮装盘。先装中心，然后以瓜皮面朝外，层层码好，如一小馒头，仍以所余料汁自“馒头”顶淋下。扦瓜皮极脆，嚼之有声，诸味均透，仍有瓜香。此法得之海拉尔一曾治过国宴的厨师。一盘瓜皮，所费不过四五角钱耳。

炒苞谷

昆明菜。苞谷即玉米。嫩玉米剥出粒，与瘦猪肉同炒，少放盐。略用葱花煸锅亦可，但葱花不能煸得过老，如成黑色，即不美观。不宜用酱油，酱油会掩盖苞谷的清香。起锅时可稍烹水，但不能多，多则成煮苞谷矣！我到菜市买玉米，挑嫩的，别人都很奇怪：“挑嫩的干什么？”——“炒肉。”——“玉米能炒了吃？”北京人真是少见多怪。

松花蛋拌豆腐

北豆腐入开水焯过，俟冷，切为小骰子块，加少许盐。松花蛋（要腌得较老的），亦切为骰子块，与豆腐同拌。老姜在蒜臼中捣烂，加水，滗去渣，淋入。不宜用姜米，亦不加醋。

芝麻酱拌腰片

拌腰片要领：一、先不要去腰臊，只用快刀两面平片，剩下腰臊即可扔掉。如先将腰子平剖两半，剥出腰臊，再用平刀片，则腰片易残破不整。二、腰片须用凉水拔，频频换水，至腰片血水排净，方可用。三、焯腰片要锅大水多。等水大开，将腰片推下，旋即用笊篱抄出，不可等腰片复开。将第一次焯腰片的水泼去，洗净锅，再坐锅，水大开，将焯过一次的腰片投入再焯，旋即捞出，放凉水盆中。两次焯，则腰片已熟，而仍脆嫩。如一次焯，待腰片大开，即成煮矣。腰片凉透，挤去水，入盘，浇以芝麻酱、剁碎的郫县豆瓣、葱末、姜米、蒜泥。

拌 里 脊 片

以四川制水煮牛肉法制猪肉，亦可。里脊或通脊斜切薄片，以芡粉抓过。烧开水一锅，投入肉片，以笊篱翻拢，至肉片变色，即可捞出，加调料。

如热吃，即可倾入水煮牛肉的调料：郫县豆瓣（剁碎）炒至出香味，加酱油、少量糖、料酒。最后撒碾碎的生花椒、芝麻。

焯过肉的汤，撇去浮沫，可做一个紫菜汤。

塞馅回锅油条

油条两股拆开，切成寸半长的小段。拌好猪肉（肥瘦各半）馅。馅中加盐、葱花、姜末。如加少量榨菜末或酱瓜末、川冬菜

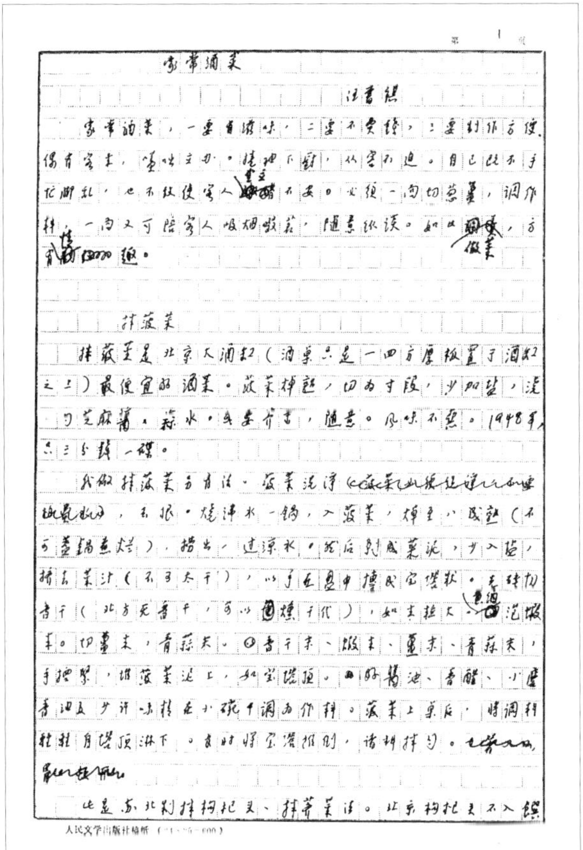

第 1 页

家常酒菜

汪曾祺

家常酒菜，一要有滋味，二要不贵，三要制作方便。偶有客来，现炒现办。毫不费事，从容不迫。自己既不手忙脚乱，也不致使客人坐着不安。必须一面切葱姜，调作料，一面又可陪客人吸烟喝茶，随意聊天。如此做菜，方有情趣。

拌菠菜

拌菠菜是北京大酒缸（酒桌只是一口四方厚板置于酒缸之上）最便宜的酒菜。菠菜焯熟，切为寸段，少加盐，浇一点芝麻酱、蒜水、或姜汁，随意。风味不恶。1948年，只三分钱一碟。

我做拌菠菜另有法。菠菜洗净，去根。烧开水一锅，入菠菜，焯至八成熟（不可盖锅煮烂），捞出，过凉水，然后剁成菜泥，少入盐，挤去菜汁（不可太干），以手在盘中抟成宝塔状。另将切香干（北方无香干，可以熏豆腐干代），如有大虾米，泡虾米。切姜末，青蒜末。香干末、虾末、姜末、青蒜末，手抟紧，堆菠菜泥上，如宝塔顶。好酱油、香醋、小磨香油及少许味精在小碗中调成作料。菠菜上桌后，将调料轻轻自塔顶淋下。吃时将宝塔推倒，诸料拌匀。

此是苏北制拌枸杞头、拌荠菜法。北京枸杞头不入馔

人民文学出版社稿纸

《家常酒菜》手稿

末，亦可。用手指将油条小段的窟窿捅通，将肉馅塞入，逐段下油锅炸至油条挺硬，肉馅已熟，捞出装盘。此菜嚼之酥脆。油条中有矾，略有涩味，比炸春卷味道好。

这道菜是本人首创，为任何菜谱所不载。很多菜都是馋人瞎琢摸出来的。

其他酒菜

凤尾鱼、广东香肠，市上可以买到；茶叶蛋、油炸花生米、五香煮栗子、煮毛豆，人人会做；盐水鸭、水晶肘子，做起来太费事，皆不及。

一九八七年七月二十五日

注释

原载《中国烹饪》一九八八年第六期。

四方食事

口味

“口之于味，有同嗜焉。”好吃的东西大家都爱吃。宴会上有烹大虾（得是极新鲜的），大都剩不下。但是也不尽然。羊肉是很好吃的。“羊大为美。”中国人吃羊肉的历史大概和这个民族的历史同样久远。中国羊肉的吃法很多，不能列举。我以为最好吃的是手把羊肉。维吾尔族、哈萨克族都有手把羊肉，但似以内蒙古为最好。内蒙古很多盟旗都说他们那里的羊肉不膻，因为羊吃了草原上的野葱，生前已经自己把膻味解了。我以为不膻固好，膻亦无妨。我曾在达茂旗吃过

"羊贝子"，即白煮全羊。整只羊放在锅里只煮四十五分钟（为了照顾远来的汉族客人，多煮了十五分钟，他们自己吃，只煮半小时），各人用刀割取自己中意的部位，蘸一点作料（原来只备一碗盐水，近年有了较多的作料）吃。羊肉带生，一刀切下去，会汪出一点血，但是鲜嫩无比。内蒙古人说，羊肉越煮越老，半熟的，才易消化，也能多吃。我几次到内蒙古，吃羊肉吃得非常过瘾。同行有一位女同志，不但不吃，连闻都不能闻。一走进食堂，闻到羊肉气味就想吐。她只好每顿用开水泡饭，吃咸菜，真是苦煞。全国不吃羊肉的人，不在少数。

"鱼羊为鲜"，有一位老同志是获鹿县人，是回民，他倒是吃羊肉的，但是一生不解何所谓鲜。他的爱人是南京人，动辄说："这个菜很鲜"，他说："什么叫'鲜'？我只知道什么东西吃着'香'。"要解释什么是"鲜"，是困难的。我的家乡以为最能代表鲜味的是虾子。虾子冬笋、虾子豆腐羹，都很鲜。虾子放得太多，就会"鲜得连眉毛都掉了"的。我有个小孙女，很爱吃我配料煮的龙须挂面。有一次我放了虾子，她尝了一口，说："有股什么味！"不吃。

中国不少省份的人都爱吃辣椒。云、贵、川、黔、湘、赣。延边朝鲜族也极能吃辣。人说吃辣椒爱上火。井冈山人说："辣子有补（没有营养），两头受苦。"我认识一个演员，他一天不吃辣椒，就会便秘！我认识一个干部，他每天在机关吃午饭，什么菜也不吃，只带了一小饭盒油炸辣椒来，吃辣椒下饭。顿顿如此。此人真是个吃辣椒专家，全国各地的辣椒，都设法弄了来吃。据他的品评，认为土家族的最好。有一次他带了一饭盒来，让我尝尝，真是又辣又香。然而有人是不吃辣的。我曾随剧团到重庆体

南人不解食蒜

验生活。四川无菜不辣，有人实在受不了。有一个演员带了几个年轻的女演员去吃汤圆，一个唱老旦的演员进门就嚷嚷：“不要辣椒！”卖汤圆的白了她一眼：“汤圆没有放辣椒的！”

北方人爱吃生葱生蒜。山东人特爱吃葱，吃煎饼、锅盔，没有葱是不行的。有一个笑话：婆媳吵嘴，儿媳妇跳了井。儿子回来，婆婆说：“可了不得啦，你媳妇跳井啦！”儿子说：“不咋！”拿了一根葱在井口逛了一下，媳妇就上来了。山东大葱的确很好吃，葱白长至半尺，是甜的。江浙人不吃生葱蒜，做鱼肉时放葱，谓之“香葱”，实即北方的小葱，几根小葱，挽成一个疙瘩，叫作“葱结”。他们把大葱叫作“胡葱”，即做菜时也不大用。有一个著名女演员，不吃葱，她和大家一同去体验生活，菜都得给她单做。“文化大革命”斗她的时候，这成了一条罪状。北方人吃炸酱面，必须有几瓣蒜。在长影拍片时，有一天我起晚了，早饭已经开过，我到厨房里和几位炊事员一块吃。那天吃的是炸油饼，他们吃油饼就蒜。我说，“吃油饼哪有就蒜的！”一个河南籍的炊事员说：“嘿！你试试！”果然，“另一个味儿”。我前几年回家乡，接连吃了几天鸡鸭鱼虾，吃腻了，我跟家里人说：“给我下一碗阳春面，弄一碟葱、两头蒜来。”家里人看我生吃葱蒜，大为惊骇。

有些东西，本来不吃，吃吃也就习惯了。我曾经夸口，说我什么都吃，为此挨了两次捉弄。一次在家乡。我原来不吃芫荽（香菜），以为有臭虫味。一次，我家所开的中药铺请我去吃面，——那天是药王生日，铺中管事弄了一大碗凉拌芫荽，说：“你不是什么都吃吗？”我一咬牙吃了。从此，我就吃芫荽了。后来北地，每吃涮羊肉，调料里总要撒上大量芫荽。一次在昆明。苦瓜，我原来也是不吃的，——没有吃过。我们家乡有苦瓜，叫作癞葡萄，是放在瓷盘里看着玩，不吃的。有一位诗人请我下小馆子，他要了三个菜：凉拌苦瓜、炒苦瓜、苦瓜汤。他说：“你不是什么都吃吗？”从此，我就吃苦瓜了。北京人原来是不吃苦瓜的，近年也学会吃了。不过他们用凉水连“拔”三次，基本上不苦了，那还有什么意思！

有些东西，自己尽可不吃，但不要反对旁人吃。不要以为自己不吃的东西，谁吃，就是岂有此理。比如广东人吃蛇，吃龙虱；傣族人爱吃苦肠，即牛肠里没有完全消化的粪汁，蘸肉吃。这在广东人、傣族人，是没有什么奇怪的。他们爱吃，你管得着吗？不过有些东西，我也以为不吃为宜，比如炒肉芽——腐肉所生之蛆。

总之，一个人的口味要宽一点、杂一点，“南甜北咸东辣西酸"，都去尝尝。对食物如此，对文化也应该这样。

切　脍

《论语·乡党》："食不厌精，脍不厌细"，中国的切脍不知始于何时。孔子以"食""脍"对举，可见当时是相当普遍的。北魏贾思勰《齐民要术》提到切脍。唐人特重切脍，杜甫诗累见。宋代切脍之风亦盛。《东京梦华录·三月一日开金明池琼林苑》："多垂钓之士，必于池苑所买牌子，方许捕鱼。游人得鱼，倍其价买之。临水斫脍，以荐芳樽，乃一时佳味也。"元代，关汉卿曾写过"望江亭中秋切脍"。明代切脍，也还是有的，但《金瓶梅》中未提及，很奇怪。《红楼梦》也没有提到。到了近代，很多人对切脍是怎么回事，都茫然了。

脍是什么？杜诗邵注："鲙，即今之鱼生、肉生。"更多指鱼生，脍的繁体字是"鱠"，可知。

杜甫《阌乡姜七少府设脍戏赠长歌》对切脍有较详细的描写。脍要切得极细，"脍不厌细"，杜诗亦云："无声细下飞碎雪"。脍是切片还是切丝呢？段成式《酉阳杂俎·物革》云："进士段硕尝识南孝廉者，善斫脍，縠薄丝缕，轻可吹起。"看起来是片和丝都有的。切脍的鱼不能洗。杜诗云："落砧何曾白纸湿"，邵注："凡作鲙，以灰去血水，用纸以隔之"，大概是隔着一层纸用灰吸去鱼的血水。《齐民要术》："切鲙不得洗，洗则鲙湿。"加什么作料？一般是加葱的，杜诗："有骨已剁觜春葱"。《内则》："鲙，春用葱，夏用芥。"葱是葱花，不会是葱段。至于下不下盐或酱油，乃至酒、酢，则无从臆测，想来总得有点咸味，不会是淡吃。

切脍今无实物可验。杭州楼外楼解放前有名菜醋鱼带把。所谓“带把”，即将活草鱼的脊背上的肉剔下，切成极薄的片，浇好酱油，生吃。我以为这很近乎切脍。我在一九四七年春天曾吃过，极鲜美。这道菜听说现在已经没有了，不知是因为有碍卫生，还是厨师无此手艺了。

日本鱼生我未吃过。北京西四牌楼的朝鲜冷面馆卖过鱼生、肉生。鱼生乃切成一寸见方、厚约二分的鱼片，蘸极辣的作料吃。这与“縠薄丝缕”的切脍似不是一回事。

与切脍有关联的，是“生吃螃蟹活吃虾”。生螃蟹我未吃过，想来一定非常好吃。活虾我可吃得多了。前几年回乡，家乡人知道我爱吃“呛虾”，于是餐餐有呛虾。我们家乡的呛虾是用酒把白虾（青虾不宜生吃）“醉”死了的。解放前杭州楼外楼呛虾，是酒醉而不待其死，活虾盛于大盘中，上覆大碗，上桌揭碗，虾蹦得满桌，客人捉而食之。用广东话说，这才真是“生猛”。听说楼外楼现在也不卖呛虾了，惜哉！

下生蟹活虾一等的，是将虾蟹之属稍加腌制。宁波的梭子蟹是用盐腌过的，醉蟹、醉泥螺、醉蚶子、醉蛏鼻，都是用高粱酒“醉”过的。但这些都还是生的。因此，都很好吃。

我以为醉蟹是天下第一美味。家乡人贻我醉蟹一小坛。有天津客人来，特地为他剁了几只。他吃了一小块，问：“是生的？”就不敢再吃。

“生的”，为什么就不敢吃呢？法国人、俄罗斯人，吃牡蛎，都是生吃。我在纽约南海岸吃过鲜蚌，那绝对是生的，刚打上来的，而且什么作料都不搁，经我要求，服务员才给了一点胡椒粉。好吃么？好吃极了！

为什么“切脍”、生鱼活虾好吃？曰：存其本味。

我以为“切脍”之风，可以恢复。如果觉得这不卫生，可以仿照纽约南海岸的办法：用“远红外”或什么东西处理一下，这样既不失本味，又无致病之虞。如果这样还觉得“硌硬”，吞不下，吞下要反出来，那完全是观念上的问题。当然，我也不主张普遍推广，可以满足少数老饕的欲望，“内部发行”。

河　豚

阅报，江阴有人食河豚中毒，经解救，幸得不死。杨花扑面，节近清明，这使我想起，正是吃河豚的时候了。苏东坡诗：

> 竹外桃花三两枝，
> 春江水暖鸭先知。
> 蒌蒿满地芦芽短，
> 正是河豚欲上时。

梅圣俞诗：

> 河豚当此时，
> 贵不数鱼虾。

宋朝人是很爱吃河豚的，没有真河豚，就用了不知什么东西做出河豚的样子和味道，谓之“假河豚”，聊以过瘾，《东京梦华录》等书都有记载。

江阴当长江入海处不远，产河豚最多，也最好。每年春天，鱼市上有很多河豚卖。河豚的脾气很大，用小木棍捅捅它，它就把肚子鼓起来，再捅，再鼓，终至成了一个圆球。江阴河豚品种极多。我所就读的南菁中学的生物实验室里搜集了各种河豚，浸在装了福尔马林的玻璃器内。有的很大，有的小如金钱龟。颜色也各异，有带青绿色的，有白的，还有紫红的。这样齐全的河豚标本，大概只有江阴的中学才能搜集得到。

河豚有剧毒。我在读高中一年级时，江阴乡下出了一件命案，“谋杀亲夫”。“奸夫”“淫妇”在游街示众后，同时枪决。毒死亲夫的东西，即是一条煮熟的河豚。因为是“花案”，那天街的两旁有很多人鹄立伫观。但是实在没有什么好看，奸夫淫妇都蠢而且丑，奸夫还是个黑脸的麻子。这样的命案，也只能出在江阴。

但是河豚很好吃，江南谚云：“拼死吃河豚”，豁出命去，也要吃，可见其味美。据说整治得法，是不会中毒的。我的几个同学都曾约定请我上家里吃一次河豚，说是“保证不会出问题”。江阴正街上有一饭馆，是卖河豚的。这家饭馆有一块祖传的木板，刷印保单，内容是如果在他家铺里吃河豚中毒致死，主人可以偿命。

河豚之毒在肝脏、生殖腺和血，这些可以小心地去掉。这种办法有例可援，即“洁本金瓶梅”是。

我在江阴读书两年，竟未吃过河豚，至今引为憾事。

野　菜

春天了，是挖野菜的时候了。踏青挑菜，是很好的风俗。人在屋里闷了一冬天，尤其是妇女，到野地里活动活动，呼吸一点新鲜空气，看看新鲜的绿色，身心一快。

南方的野菜，有枸杞、荠菜、马兰头……北方野菜则主要的是苣荬菜。枸杞、荠菜、马兰头用开水焯过，加酱油、醋、香油凉拌。苣荬菜则是洗净，去根，蘸甜面酱生吃。或曰吃野菜可以“清火”，有一定道理。野菜多半带一点苦味，凡苦味菜，皆可清火。但是更重要的是吃个新鲜。有诗人说：“这是吃春天”，这话说得有点做作，但也还说得过去。

敦煌变文、《云谣集杂曲子》、打枣杆、挂枝儿、吴歌，乃至《白雪遗音》等等，是野菜。因为它新鲜。

一九八九年四月十八日

注释

原载《中国文化》一九八九年第一期。

寻常茶话

我对茶实在是个外行。茶是喝的，而且喝得很勤，一天换三次叶子。每天起来第一件事，便是坐水，沏茶，但是毫不讲究。对茶叶不挑剔。青茶、绿茶、花茶、红茶、沱茶、乌龙茶，但有便喝。茶叶多是别人送的，喝完了一筒，再开一筒。喝完了碧螺春，第二天就可以喝蟹爪水仙。但是不论什么茶，总得是好一点的。太次的茶叶，便只好留着煮茶叶蛋。《北京人》里的江泰认为喝茶只是“止渴生津利小便”，我以为还有一种功能，是：提神。《陶庵梦忆》记闵老子茶，说得神乎其神。我则有点像董日铸，以为“浓、热、满三字尽茶理”。我不喜欢喝太烫的茶，沏茶也不爱满杯。我的家乡论为客人斟茶斟酒："酒要满，茶要浅"，茶斟得太满是对客人不敬，甚至是骂人。于是就只剩下一个字：浓。我喝茶是喝得很酽的。曾在机关开会，有女同志尝了我的一口茶，说是"跟药一样"。

我读小学五年级那年暑假，我的祖父不知怎么忽然高了兴，要教我读书。"穿堂"的右侧有两间空屋。里间是佛堂，挂了一幅丁云鹏画的佛像，佛的袈裟是朱红的。佛像下，是一尊乌斯藏铜佛。我的祖母每天早晚来烧一炷香。外间本是个贮藏室，房梁上挂着干菜，干的粽叶，靠墙有一坛"臭卤"，面筋、百叶、笋头、苋菜秸都放在里面臭。临窗设一方桌，便是我的书桌。祖父每天早晨来讲《论语》一章，剩下的时间由我自己写大小字各一张。大字写《圭峰碑》，小字写《闲邪公家传》，都是祖父从他的藏帖里拿来给我的。隔日作文一篇，还不是正式的八股，是一种叫作"义"的文体，只是解释《论语》的内容。题目是祖父出的。我共做了多少篇"义"，已经不记得了。只记得有一题是"孟之反不伐义"。

祖父生活俭省，喝茶却颇考究。他是喝龙井的，泡在一个深栗色的扁肚子的宜兴砂壶里，用一个细瓷小杯倒出来喝。他喝茶喝得很酽，一次要放多半壶茶叶。喝得很慢，喝一口，还得回味一下。

他看看我的字、我的"义"，有时会另拿一个杯子，让我喝一杯他的茶。真香。从此我知道龙井好喝，我的喝茶浓酽，跟小时候的熏陶也有点关系。

后来我到了外面，有时喝到龙井茶，会想起我的祖父，想起孟之反。

我的家乡有“喝早茶”的习惯，或者叫作“上茶馆”。上茶馆其实是吃点心、包子、蒸饺、烧卖、千层糕……茶自然是要喝的。在点心未端来之前，先上一碗干丝。我们那里原先没有煮干丝，只有烫干丝。干丝在一个敞口的碗里堆成塔状，临吃，堂倌把装在一个茶杯里的作料——酱油、醋、麻油浇入。喝热茶、吃干丝，一绝！

抗日战争时期，我在昆明住了七年，几乎天天泡茶馆。“泡茶馆”是西南联大学生特有的说法。本地人叫作“坐茶馆”，“坐”，本有消磨时间的意思，“泡”则更胜一筹。这是从北京带过去的一个字，“泡”者，长时间地沉溺其中也，与“穷泡”“泡蘑菇”的“泡”是同一语源。联大学生在茶馆里往往一泡就是半天。干什么的都有。聊天，看书，写文章。有一位教授在茶馆里读梵文。有一位研究生，可称泡茶馆的冠军。此人姓陆，是一怪人。他曾经徒步旅行了半个中国，读书甚多，而无所著述，不爱说话。他简直是“长”在茶馆里。上午、下午、晚上，要一杯茶，独自坐着看书。他连漱洗用具都放在一家茶馆里，一起来就到茶馆里洗脸刷牙。听说他后来流落在四川，穷困潦倒而死，悲夫！

昆明茶馆里卖的都是青茶，茶叶不分等次，泡在盖碗里。文林街后来开了一家“摩登”茶馆，用玻璃杯卖绿茶、红茶——滇红、滇绿。滇绿色如生青豆，滇红色似“中国红”葡萄酒，茶味都很厚。滇红尤其经泡，三开之后，还有茶色。我觉得滇红比祁（门）红、英（德）红都好，这也许是我的偏见。当然比斯里兰卡的“利普顿”要差一些——有人喝不来“利普顿”，说是味道很怪。人之好恶，不能勉强。

我在昆明喝过烤茶。把茶叶放在粗陶的烤茶罐里，放在炭火上烤得半焦，倾入滚水，茶香扑人。几年前在大理街头看到有烤茶罐卖，犹豫一下，没有买。买了，放在煤气灶上烤，也不会有那样的味道。

一九四六年冬，开明书店在绿杨邨请客。饭后，我们到巴金先生家喝工夫茶。几个人围着浅黄色的老式圆桌，看陈蕴珍（萧珊）“表演”：濯器、炽炭、注水、淋壶、筛茶。每人喝了三小杯。我第一次喝工夫茶，印象深刻。这茶太酽了，只能喝三小杯。在座的除巴先生夫妇，有靳以、黄裳。一转眼，四十三年了。靳以、萧珊都不在了。巴老衰病，大概没有喝一次工夫茶的兴致了。那套紫砂茶具大概也不在了。

我在杭州喝过一杯好茶。

一九四七年春，我和几个在一个中学教书的同事到杭州去玩。除了“西湖景”，使我难忘的有两样方物，一是醋鱼带把。所谓“带把”，是把活草鱼的脊肉剔下来，快刀切为薄片，其薄如纸，浇上好秋油，生吃。鱼肉发甜，鲜脆无比。我想这就是中国古代的“切脍”。一是在虎跑喝的一杯龙井。真正的狮峰龙井雨前新芽，每蕾皆一旗一枪，泡在玻璃杯里，茶叶皆直立不倒，载浮载沉，茶色颇淡，但入口香浓，直透脏腑，真是好茶！只是太贵了。一杯茶，一块大洋，比吃一顿饭还贵。狮峰茶名不虚传，但不得虎跑水不可能有这样的味道。我自此方知道，喝茶，水是至关重要的。

我喝过的好水有昆明的黑龙潭泉水。骑马到黑龙潭，疾驰之后，下马到茶馆里喝一杯泉水泡的茶，真是过瘾。泉就在茶馆檐外地面，一个正方的小池子，看得见泉水咕嘟咕嘟往上冒。井冈山的水也很好，水清而滑。有的水是“滑”的，“温泉水滑洗凝脂”并非虚语。井冈山水洗被单，越洗越白；以泡“狗古脑”茶，色味俱发，不知道水里含了什么物质。天下第一泉、第二泉的水，我没有喝出什么道理。济南号称泉城，但泉水只能供观赏，以泡茶，不觉得有什么特点。

有些地方的水真不好，比如盐城。盐城真是“盐城”，水是咸的。中产以上人家都吃“天落水”。下雨天，在天井上方张了布幕，以接雨水，存在缸里，备烹茶用。最不好吃的水是菏泽，菏泽牡丹甲天下，因为菏泽土中含碱，牡丹喜碱性土。我们到菏泽看牡丹，牡丹极好，但茶没法喝。不论是青茶、绿茶，沏出来一会儿就变成红茶了，颜色深如酱油，入口咸涩。由菏泽往梁山，住进招待所后，第一件事便是赶紧用不带碱味的甜水沏一杯茶。

老北京早起都要喝茶，得把茶喝“通”了，这一天才舒服。无论贫富，皆如此。一九四八年我在午门历史博物馆工作。馆里有几位看守员，岁数都很大了。他们上班后，都是先把带来的窝头片在炉盘上烤上，然后轮流用水氽坐水沏茶。茶喝足了，才到午门城楼的展览室里去坐着。他们喝的都是花茶。

北京人爱喝花茶，以为只有花茶才算是茶（北京很多人把茉莉花叫作“茶叶花”）。我不太喜欢花茶，但好的花茶例外。比如老舍先生家的花茶。

老舍先生一天离不开茶。他到莫斯科开会，苏联人知道中国人爱喝茶，倒是特意给他预备了一个热水壶。可是，他刚沏了一杯茶，还没喝几口，一转脸，服务员就给倒了。老舍先生很愤慨地说：“他妈的！他不知道中国人喝茶是一天喝到晚的！”一天喝茶喝到晚，也许只有中国人如此。外国人喝茶都是论“顿”的，难怪那位服务员看到多半杯茶放在那里，以为老先生已经喝完了，不要了。

龚定庵以为碧螺春天下第一。我曾在苏州东山的“雕花楼”喝过一次新采的碧螺春。“雕花楼”原是一个华侨富商的住宅，楼是进口的硬木造的，到处都雕了花，八仙庆寿、福禄寿三星、龙、凤、牡丹……真是集恶俗之大成。但碧螺春真是好。不过茶是泡在大碗里的，我觉得这有点煞风景。后来问陆文夫，文夫说碧螺春就是讲究用大碗喝的。茶极细，器极粗，亦怪！

我还在湖南桃源喝过一次擂茶。茶叶、老姜、芝麻、米，加盐放在一个擂钵里，用硬木的擂棒“擂”成细末，用开水冲开，便是擂茶。我在《湘行二记》中对擂茶有比较详细的叙述，为省篇幅，不再抄引。

茶可入馔，制为食品。杭州有龙井虾仁，想不恶。裘盛戎曾用龙井茶包饺子，可谓别出心裁。日本有茶粥。《俳人的食物》说俳人小聚，食物极简单，但“唯茶粥一品，万不可少”。茶粥是啥样的呢？我曾用粗茶叶煎汁，加大米熬粥，自以为这便是“茶粥”了。有一阵子，我每天早起喝我所发明的茶粥，自以为很好喝。四川的樟茶鸭子乃以柏树枝、樟树叶及茶叶为熏料，吃起来有茶香而无茶味。曾吃过一块龙井茶心的巧克力，这简直是恶作剧！用上海人的话说：巧克力与龙井茶实在完全“弗搭界”。

一九八九年九月十六日

注释

原载一九九〇年三月二十日《光明日报》。

作家谈吃第一集

编完了这本书的稿子，说几句有关的和无关的话。

这本书还是值得看看的。里面的文章，风格各异，有的人书俱老，有的文采翩翩，都可读。不过书名起得有点冒失了。“人莫不饮食也，鲜能知味也”。知味实不容易，说味就更难。

从前有人没有吃过葡萄，问人葡萄是什么味道，答曰“似软枣”，我看不像。“千里莼羹，未下盐豉”，和北方的酪可谓毫不相干。山里人不识海味，有人从海边归来盛称海错之美，乡间人争舐其眼。此人大概很能说味。

我在福建吃过泥蚶，觉得好吃得不得了，但是回来之后，告诉别人，只能说非常鲜、嫩，不用任何作料，剥了壳即可入口，而五味俱足，而且不会使人饱餍，越吃越想吃，而已。但是大家还是很爱谈吃。

常听到的闲谈的话题是“精神会餐”。说的人津津有味，听的人倾耳入神。但是“精神会餐”者，精神也，只能调动人对某种食物的回忆和想象，谈是当不得吃的。此集所收文章所能达到的效果，也只是这样，使谈者对吃过的东西有所回味，对没吃过的有所向往，“吊吊胃口”罢了。读了一篇文章，跟吃过一盘好菜毕竟不一样（如是这样，就可以多开出版社，少开餐馆）。

作家里有很会做菜的。本书的征稿小启中曾希望会做菜的作家将独得之秘公之于众。本书也有少数几篇是涉及菜的做法的。

做菜是有些要领的。炒多种物料放一起的菜，比如罗汉斋，要分别炒，然后再入锅混合，如果冬菇、冬笋、山药、白果、油菜……同时下锅，则将一塌糊涂，生的生，烂的烂。但是做菜主要靠实践，总要失败几次，才能取得经验。想从这本书里学几手，大概是不行的。这本书不是菜谱食单，只是一本作家谈吃的散文集子，读者也只宜当散文读。

数了数文章的篇数，觉得太少了。中国是一个吃的大国，只有这样几篇，实在是挂一漏万。而且谈大菜、名菜的少，谈小吃的多。谈大菜的只有王世襄同志的谈糟溜鱼片一篇。“八大菜系”里，只有一篇谈苏帮菜的，其余各系均付阙如。霍达的谈涮羊肉，只能算是谈了一种中档菜（她的文章可是高档的）。谈豆腐的倒有好几篇，豆腐是很好吃的东西，值得编一本专集，但和本书写到的和没有写到的肴馔平列，就有点过于突出，不成比例。这是

一九九〇年四月在滇西湖上与青年作家朋友们在一起
左起：凌力、李林栋、汪曾祺、高洪波、陆星儿

什么原因呢？一是大菜、名菜很不好写。山东的葱烧海参，只能说是葱香喷鼻而不见葱；苏州松鹤楼的乳腐肉，只能说是“嫩得像豆腐一样”；四川的樟茶鸭子，只能说是鸭肉酥嫩，而有樟树茶叶香；镇江刀鱼，只能说：鲜！另外，这本书编得有点不合时宜。名菜细点，如果仔细揣摩，能近取譬，还是可以使人得其仿佛的，但是有人会觉得：这是什么时候，谈吃！再有，就是使人有“今日始知身孤寒”之感。我们的作家大都还是寒士。鲥鱼卖到一斤百元以上，北京较大的甲鱼七十元一斤，作家，谁吃得起？名贵的东西，已经成了走门子行贿的手段。买的人不吃，吃的人不买。而这些受贿者又只吃而不懂吃，瞎吃一通，或懂吃又不会写。于是，作家就只能写豆腐。

中国烹饪的现状到底如何？有人说中国的烹饪艺术出现危

机。我看这不无道理。时常听到：什么什么东西现在没有了，什么什么菜不是从前那个味儿了。原因何在？很多。一是没有以前的材料。前几年，我到昆明，吃了汽锅鸡，索然无味；吃过桥米线，也一样。一问，才知道以前的汽锅鸡用的是武定壮鸡（武定特产，阉了的母鸡），现在买不到。过桥米线本来也应该是武定壮鸡的汤。我到武定，吃汽锅鸡，也不是“壮鸡”！北京现在的“光鸡”只有人工饲养的“西装鸡”和“华都肉鸡”，怎么做也是不好吃的。二是赔不起那功夫。过去北京的谭家菜要几天前预定，因为谭家菜是火候菜，不能嗟咄立办。张大千做一碗清炖吕宋黄翅，要用十四天。吃安徽菜，要能等。现在大家都等不及。镇江的肴肉过去精肉肥肉都是实在的，现在的肴肉是软趴趴的，切不成片，我看是卤渍和石压的时间不够。淮扬一带的狮子头，过去讲究“细切粗斩”，先把肥瘦各半的硬肋肉切成石榴米大，再略剁几刀。现在是一塌刮子放进绞肉机里一绞，求其鲜嫩，势不可能。再有，我看是经营管理和烹制的思想有问题。过去的饭馆都有些老主顾，他们甚至常坐的座位都是固定的。菜品稍有逊色，便会挑剔。现在大中城市活动人口多，采购员、倒爷，吃了就走。馆子里不指望做回头生意，于是萝卜快了不洗泥，偷工减料，马马虎虎。

近年来大餐馆的名厨都致力于“创新菜”。菜本来是应该不断创新的。我们现在不会回到把整牛放在毛公鼎里熬得稀烂的时代。看看《梦粱录》《东京梦华录》，宋朝的菜的做法比现在似乎简单得多。但是创新要在色香味上下功夫，现在的创新菜却多在形上做文章。

有一类菜叫作“工艺菜”。这本来是古已有之的。晋人雕卵而食，可以算是工艺菜。宋朝有一位厨娘能用菜肴在盘子里摆出“辋川小景”，这可真是工艺。不过就是雕卵、“辋川小景”，也没有多大意思。鸡蛋上雕有花，吃起来还不是鸡蛋的味道么？“辋川小景”没法吃。王维死后有知，一定会摇头：辋川怎么能吃呢？

现在常见的工艺菜，是用鸡片、腰片、黄瓜、山楂糕、小樱桃、罐头豌豆……摆弄出来的龙、凤、鹤，华而不实。用鸡茸捏出一个一个椭圆的球球，安上尾巴，是金鱼，实在叫人恶心。有的工艺菜在大盘子里装成一座架空的桥，真是匪夷所思。还有在工艺菜上装上彩色小灯泡的，闪闪烁烁，这简直是：胡闹！

中国烹饪确是有些问题。如何继承和发扬传统，使中国的烹饪艺术走上一条健康的正路，需要造一点舆论。此亦弘扬民族文化之一端。而作家在这方面是可以尽一点力的：多写一点文章。看来《知味集》有出续集、三集的必要。然而有什么出版社会出呢？吁。

一九九〇年三月二十三日

注释

原载《中国烹饪》一九九〇年第八期。

萝卜

杨花萝卜即北京的小水萝卜。因为是杨花飞舞时上市卖的，我的家乡名之曰："杨花萝卜"。这个名称很富于季节感。我家不远的街口一家茶食店的屋下有一个岁数大的女人摆一个小摊子，卖供孩子食用的便宜的零吃。杨花萝卜下来的时候，卖萝卜。萝卜一把一把地码着。她不时用炊帚洒一点水，萝卜总是鲜红的。给她一个铜板，她就用小刀切下三四根萝卜。萝卜极脆嫩，有甜味，富水分。自离家乡后，我没有吃过这样好吃的萝卜。或者不如说自我长大后没有吃过这样好吃的萝卜。小时候吃的东西都是最好吃的。

除了生嚼，杨花萝卜也能拌萝卜丝。萝

卜斜切为薄片，再切为细丝，加酱油、醋、香油略拌，撒一点青蒜，极开胃。小孩子的顺口溜唱道：

人之初，
鼻涕拖，
油炒饭，
拌萝菠[1]。

油炒饭加一点葱花，在农村算是美食，佐以拌萝卜丝一碟，吃起来是很香的。

萝卜丝与细切的海蜇皮同拌，在我的家乡是上酒席的，与香干拌荠菜、盐水虾、松花蛋同为凉碟。

北京的拍水萝卜也不错，但宜少入白糖。

北京人用水萝卜切片，氽羊肉汤，味鲜而清淡。

烧小萝卜，来北京前我没有吃过（我的家乡杨花萝卜没有熟吃的），很好。有一位台湾女作家来北京，要我亲自做一顿饭请她吃。我给她做了几个菜，其中一个是烧小萝卜。她吃了赞不绝口。那当然是不难吃的；那两天正是小萝卜最好的时候，都长足了，但还很嫩，不糠；而且我是用干贝烧的。她说台湾没有这种小萝卜。

我们家乡有一种穿心红萝卜，粗如黄酒盏，长可三四寸，外皮深紫红色，里面的肉有放射形的紫红纹，紫白相间，若是横切开来，正如中药里的槟榔片（卖时都是直切），当中一线贯通，

---

① 我的家乡称萝卜为萝菠。

色极深，故名穿心红。卖穿心红萝卜的挑担，与山芋（红薯）同卖，山芋切厚片。都是生吃。

紫萝卜不大，大小如一个大衣扣子，扁圆形，皮色乌紫。据说这是五倍子染的。看来不是本色，因为它掉色，吃了，嘴唇牙肉也是乌紫乌紫的。里面的肉却是嫩白的。这种萝卜非本地所产，产在泰州。每年秋末，就有泰州人来卖紫萝卜，都是女的，挎一个柳条篮子，沿街吆喝：“紫萝——卜！”

我在淮安第一回吃到青萝卜。曾在淮安中学借读过一个学期，一到星期日，就买了七八个青萝卜，一堆花生，几个同学，尽情吃一顿。后来我到天津吃过青萝卜，觉得淮安青萝卜比天津的好。大抵一种东西第一回吃，总是最好的。

天津吃萝卜是一种风气。五十年代初，我到天津，一个同学的父亲请我们到天华景听曲艺。座位之前有一溜长案，摆得满满的，除了茶壶茶碗，瓜子花生米碟子，还有几大盘切成薄片的青萝卜。听“玩意儿”吃萝卜，此风为别处所无。天津谚云：“吃了萝卜喝热茶，气得大夫满街爬”，吃萝卜喝茶，此风亦为别处所无。

心里美萝卜是北京特色。一九四八年冬天，我到了北京，街头巷尾，每听到吆喝：“哎——萝卜，赛梨来——辣来换……”声音高亮打远。看来在北京做小买卖的，都得有条好嗓子。卖“萝卜赛梨”的，萝卜都是一个一个挑选过的，用手指头一弹，当当的；一刀切下去，咔嚓嚓地响。

我在张家口沙岭子劳动，曾参加过收心里美萝卜。张家口土质于萝卜相宜，心里美皆甚大。收萝卜时是可以随便吃的。和我一起收萝卜的农业工人起出一个萝卜，看一看，不怎么样的，随手就扔进了大堆。一看，这个不错，往地下一扔，叭嚓，裂成了

吾乡有红萝卜、白萝卜，无青萝卜。
八五年十一月廿二日记

几瓣，“行！”于是各拿一块啃起来，甜，脆，多汁，难可名状。他们说：“吃萝卜，讲究吃‘棒打萝卜’。”

张家口的白萝卜也很大。我参加过张家口地区农业展览会的布置工作，送展的白萝卜都特大。白萝卜有象牙白和露八分。露八分即八分露出土面，露出土面部分外皮淡绿色。

我的家乡无此大白萝卜，只是粗如小儿臂而已。家乡吃萝卜只是红烧，或素烧，或与臀尖肉同烧。

江南人特重白萝卜炖汤，常与排骨或猪肉同炖。白萝卜耐久炖，久则出味。或入淡菜，味尤厚。沙汀《淘金记》写么吵吵每天用牙巴骨炖白萝卜，吃得一家脸上都是油光光的。天天吃是不行的，隔几天吃一次，想亦不恶。

四川人用白萝卜炖牛肉，甚佳。

扬州人、广东人制萝卜丝饼，极妙。北京东华门大街曾有外地人制萝卜丝饼，生意极好。此人后来不见了。

北京人炒萝卜条，是家常下饭菜。或入酱炒，则为南方人所不喜。

白萝卜最能消食通气。我们在湖南体验生活，有位领导同志，接连五天大便不通，吃了各种药都不见效，憋得他难受得不行。后来生吃了几个大白萝卜，一下子畅通了。奇效如此，若非亲见，很难相信。

萝卜是腌制咸菜的重要原料。我们那里，几乎家家都要腌萝卜干。腌萝卜干的是红皮圆萝卜。切萝卜时全家大小一齐动手。孩子切萝卜，觉得这个一定很甜，尝一瓣，甜，就放在一边，自已吃。切一天萝卜，每个孩子肚子里都装了不少。萝卜干盐渍后须在芦席上摊晒，水汽干后，入缸，压紧，封实，一两月后取食。

我们那里说在商店学徒（学生意）要“吃三年萝卜干饭”，谓油水少也。学徒不到三年零一节，不满师，吃饭须自觉，筷子不能往荤菜盘里伸。

扬州一带酱园里卖萝卜头，乃甜面酱所腌，口感甚佳。孩子们爱吃，一半也因为它的形状很好玩，圆圆的，比一个鸽子蛋略大。此北地所无，天源、六必居都没有。

北京有小酱萝卜，佐粥甚佳。大腌萝卜咸得发苦，不好吃。

四川泡菜什么萝卜都可以泡，红萝卜、白萝卜。

湖南桑植卖泡萝卜。走几步，就有个卖泡萝卜的摊子。萝卜切成大片，泡在广口玻璃瓶里，给毛把钱即可得一片，边走边吃。峨眉山道边也有卖泡萝卜的，一面涂了一层稀酱。

萝卜原产中国，所以中国的为最好。有春萝卜、夏萝卜、秋萝卜、四季萝卜，一年到头都有。可生食、煮食、腌制。萝卜所惠于中国人者亦大矣。美国有小红萝卜，大如元宵，皮色鲜红可爱，吃起来则淡而无味。异域得此，聊胜于无。爱伦堡小说写几个艺术家吃奶油蘸萝卜，喝伏特加，不知是不是这种红萝卜。我在爱荷华韩国人开的菜铺的仓库里看到一堆心里美，大喜。买回来一吃，味道满不对，形似而已。日本人爱吃萝卜，好像是煮熟蘸酱吃的。

注释

原载《十月》一九九〇年第三期。

五味

山西人真能吃醋！几个山西人在北京下饭馆，坐定之后，还没有点菜，先把醋瓶子拿过来，每人喝了三调羹醋。邻座的客人直瞪眼。有一年我到太原去，快过春节了。别处过春节，都供应一点好酒，太原的油盐店却都贴出一个条子：“供应老陈醋，每户一斤。”这在山西人是大事。

山西人还爱吃酸菜，雁北尤甚。什么都拿来酸，除了萝卜白菜，还包括杨树叶子、榆树钱儿。有人来给姑娘说亲，当妈的先问，那家有几口酸菜缸。酸菜缸多，说明家底子厚。

辽宁人爱吃酸菜白肉火锅。

北京人吃羊肉酸菜汤下杂面。

福建人、广西人爱吃酸笋。我和贾平凹在南宁，不爱吃招待所的饭，到外面瞎吃。平凹一进门，就叫："老友面！""老友面"者，酸笋肉丝氽汤下面也，不知道为什么叫作"老友"。

傣族人也爱吃酸。酸笋炖鸡是名菜。

延庆山里夏天爱吃酸饭。把好好的饭焐酸了，用井拔凉水一和，呼呼地就下去了三碗。

都说苏州菜甜，其实苏州菜只是淡，真正甜的是无锡。无锡炒鳝糊放那么多糖！包子的肉馅里也放很多糖，没法吃！

四川夹沙肉用大片肥猪肉夹了洗沙蒸，广西芋头扣肉用大片肥猪肉夹芋泥蒸，都极甜，很好吃，但我最多只能吃两片。

广东人爱吃甜食。昆明金碧路有一家广东人开的甜品店，卖芝麻糊、绿豆沙，广东同学趋之若鹜。"番薯糖水"即用白薯切块熬的汤，这有什么好喝的呢？广东同学曰："好也！"

北方人不是不爱吃甜，只是过去糖难得。我家曾有老保姆，正定乡下人，六十多岁了。她还有个婆婆，八十几了。她有一次要回乡探亲，临行称了二斤白糖，说她的婆婆就爱喝个白糖水。

北京人很保守，过去不知苦瓜为何物，近年有人学会吃了。菜农也有种的了。农贸市场上有很好的苦瓜卖，属于"细菜"，价颇昂。

北京人过去不吃蕹菜，不吃木耳菜，近年也有人爱吃了。

北京人在口味上开放了！

北京人过去就知道吃大白菜。由此可见，大白菜主义是可以被打倒的。

北方人初春吃苣荬菜。苣荬菜分甜荬、苦荬，苦荬相当的苦。

水乡赖此救荒

有一个贵州的年轻女演员上我们剧团学戏，她的妈妈不远迢迢给她寄来一包东西，是“择耳根”，或名“则尔根”，即鱼腥草。她让我尝了几根。这是什么东西？苦倒不要紧，它有一股强烈的生鱼腥味，实在招架不了！

剧团有一干部，是写字幕的，有时也管杂务。此人是个吃辣的专家。他每天中午饭不吃菜，吃辣椒下饭。全国各地的，少数民族的，各种辣椒，他都千方百计地弄来吃。剧团到上海演出，他帮助搞伙食，这下好，不会缺辣椒吃。原以为上海辣椒不好买，他下车第二天就找到一家专卖各种辣椒的铺子。上海人有一些是能吃辣的。

我的吃辣是在昆明练出来的，曾跟几个贵州同学在一起用青辣椒在火上烧烧，蘸盐水下酒。平生所吃辣椒之多矣，什么朝天椒、野山椒，都不在话下。我吃过最辣的辣椒是在越南。一九四七年，由越南转道往上海，在海防街头吃牛肉粉，牛肉极嫩，汤极鲜，辣椒极辣，一碗汤粉，放三四丝辣椒就辣得不行。

这种辣椒的颜色是橘黄色的。在川北，听说有一种辣椒本身不能吃，用一根线吊在灶上，汤做得了，把辣椒在汤里涮涮，就辣得不得了。云南佧佤族有一种辣椒，叫“涮涮辣”，与川北吊在灶上的辣椒大概不相上下。

四川不能说是最能吃辣的省份，川菜的特点是辣且麻，——搁很多花椒。四川的小面馆的墙壁上黑漆大书三个字：麻辣烫。麻婆豆腐、干煸牛肉丝、棒棒鸡，不放花椒不行。花椒得是川椒，捣碎，菜做好了，最后再放。

周作人说他的家乡整年吃咸极了的咸菜和咸极了的咸鱼，浙东人确实吃得很咸。有个同学，是台州人，到铺子里吃包子，掰开包子就往里倒酱油。口味的咸淡和地域是有关系的。北京人说南甜北咸东辣西酸，大体不错。河北、东北人口重，福建菜多很淡。但这与个人的性格习惯也有关。湖北菜并不咸，但闻一多先生却嫌云南蒙自的菜太淡。

中国人过去对吃盐很讲究，如桃花盐、水晶盐，“吴盐胜雪”，现在则全国都吃再制精盐。只有四川人腌咸菜还坚持用自贡产的井盐。

我不知道世界上还有什么国家的人爱吃臭。

过去上海、南京、汉口都卖油炸臭豆腐干。长沙火宫殿的臭豆腐因为一个大人物年轻时常吃而出名。这位大人物后来还去吃过，说了一句话：“火宫殿的臭豆腐还是好吃。”“文化大革命”中火宫殿的影壁上就出现了两行大字：

最高指示：

火宫殿的臭豆腐还是好吃。

我们一个同志到南京出差，他的爱人是南京人，嘱咐他带一点臭豆腐干回来。他千方百计，居然办到了。带到火车上，引起一车厢的人强烈抗议。

除豆腐干外，面筋、百叶（千张）皆可臭。蔬菜里的莴苣、冬瓜、豇豆皆可臭。冬笋的老根咬不动，切下来随手就扔进臭坛子里。——我们那里很多人家都有个臭坛子，一坛子“臭卤”。腌芥菜挤下的汁放几天即成“臭卤”。臭物中最特殊的是臭苋菜秆。苋菜长老了，主茎可粗如拇指，高三四尺，截成二寸许小段，入臭坛。臭熟后，外皮是硬的，里面的芯成果冻状。噙住一头，一吸，芯肉即入口中。这是佐粥的无上妙品。我们那里叫作“苋菜秸子”，湖南人谓之“苋菜咕”，因为吸起来“咕”的一声。

北京人说的臭豆腐指臭豆腐乳。过去是小贩沿街叫卖的：

“臭豆腐，酱豆腐，王致和的臭豆腐。”臭豆腐就贴饼子，熬一锅虾米皮白菜汤，好饭！现在王致和的臭豆腐用很大的玻璃方瓶装，很不方便，一瓶一百块，得很长时间才能吃完，而且卖得很贵，成了奢侈品。我很希望这种包装能改进，一器装五块足矣。

我在美国吃过最臭的“启司”（干酪），洋人多闻之掩鼻，对我说起来实在没有什么，比臭豆腐差远了。

甚矣，中国人口味之杂也，敢说堪为世界之冠。

注释

原载《中国作家》一九九〇年第四期。

安乐居

安乐居是一家小饭馆，挨着安乐林。

安乐林围墙上开了个月亮门，门头砖额上刻着三个经石峪体的大字，像那么回事。走进去，只有巴掌大的一块地方，有几十棵杨树。当中种了两棵丁香花，一棵白丁香，一棵紫丁香，这就是仅有的观赏植物了。这个林是没有什么逛头的，在林子里走一圈，五分钟就够了。附近一带养鸟的爱到这里来挂鸟。他们养的都是小鸟，红子居多，也有黄雀。大个的鸟，画眉、百灵是极少的。他们不像那些以养鸟为生活中第一大事的行家，照他们的说法是“瞎玩儿”。他们不养大鸟，觉得那太费事，“是它玩我，还是我玩它呀？”把鸟一挂，他们就蹲在地下说话儿，——也有自己带个马扎儿来坐着的。

这么一片小树林子，名声却不小，附近几条胡同都是依此命名的。安乐林头条、安乐林二条……这个小饭馆叫作安乐居，挺合适。

安乐居不卖米饭炒菜。主食是包子、花卷。每天卖得不少，一半是附近的居民买回去的。这家饭馆其实叫个小酒铺更合适些。到这儿来的喝酒比吃饭的多。这家的酒只有一毛三分一两的。北京人喝酒，大致可以分为几个层次：喝一毛三的是一个层次，喝二锅头的是一个层次，喝红粮大曲、华灯大曲乃至衡水老白干的是一个层次，喝八大名酒的是高层次，喝茅台的是最高层次。安乐居的“酒座”大都是属于一毛三层次，即最低层次的。他们有时也喝二锅头，但对二锅头颇有意见，觉得还不如一毛三的。一毛三，他们喝“服”了，觉得喝起来“顺”。他们有人甚至觉得大曲的味道不能容忍。安乐居天热的时候也卖散啤酒。

酒菜不少。煮花生豆、炸花生豆。爆腌鸡子。拌粉皮。猪头肉，——单要耳朵也成，都是熟人了！猪蹄，偶有猪尾巴，一忽的工夫就卖完了。也有时卖烧鸡、酱鸭，切块。最受欢迎的是兔头。一个酱兔头，三四毛钱，至大也就是五毛多钱，喝二两酒，够了。——这还是一年多以前的事，现在如果还有兔头，也该涨价了。这些酒客们吃兔头是有一定章法的，先掰哪儿，后掰哪儿，最后磕开脑绷骨，把兔脑掏出来吃掉。没有抓起来乱啃的。吃得非常干净，连一丝肉都不剩。安乐居每年卖出的兔头真不老少。这个小饭馆大可另挂一块招牌：“兔头酒家”。

酒客进门，都有准时候。

头一个进来的总是老吕。安乐居十点才开门。一开门，老吕就进来。他总是坐在靠窗户一张桌子的东头的座位。一年三百六十五天，天天如此。这成了他的专座。他不是像一般人似的“垂足而坐”，而是一条腿盘着，一条腿曲着，像老太太坐炕似的踞坐在一张方凳上，——脱了鞋。他不喝安乐居的一毛三，总是自己带了酒来，用一个扁长的瓶子，一瓶子装三两。酒杯也是自备的。他是喝慢酒的，三两酒从十点半一直喝到十二点差一刻：“我喝不来急酒。有人结婚，他们闹酒，我就一口也不喝，——回家自己再喝！”一边喝酒，吃兔头，一边不住地抽关东烟。他的烟袋如果丢了，有人捡到，一定会送还给他的。谁都认得：这是老吕的。白铜锅儿，白铜嘴儿，紫铜杆儿。他抽烟也抽得慢条斯理的，从不大口猛吸。这人整个儿是个慢性子。说话也慢。他也爱说话，但是他说一个什么事都只是客观地叙述，不大参加自己的意见，不动感情。一块喝酒的买了兔头，常要发一点感慨：“那会儿，兔头，五分钱一个，还带俩耳朵！”老吕说：“那是多会儿？——说那个，没用！有兔头，就不错。”西头有一家姓屠的，一家子都很浑愣，爱打架。屠老头到永春饭馆去喝酒，和服务员吵起来了，伸手就揪人家脖领子。服务员一胳臂把他搡开了。他憋了一肚子气。回去跟儿子一说。他儿子二话没说，捡了块砖头，到了永春，一砖头就把服务员脑袋开了！结果：儿子抓进去了，屠老头还得负责人家的医药费。这件事老吕亲眼看见。一块喝酒的问起，他详详细细叙述了全过程。坐在他对面的老聂听了，说：

“该！”

坐在里面犄角的老王说：

“这是什么买卖！”

老吕只是很平静地说：“这回大概得老实两天。”

老吕在小红门一家木材厂下夜看门。每天骑车去，路上得走四十分钟。他想往近处挪挪，没有合适的地方，他说：“算了！远就远点吧。”

他在木材厂喂了一条狗。他每天来喝酒，都带了一个塑料口袋，安乐居的顾客有吃剩的包子皮，碎骨头，他都捡起来，给狗带去。

头几天，有人要给他说一个后老伴，——他原先的老伴死了有二年多了。这事他的酒友都知道，知道他已经考虑了几天了，问起他：“成了吗？”老吕说：“——不说了。”他说的时候神情很轻松，好像解决了一个什么难题。他的酒友也替他感到轻松。他们几乎异口同声地说：

“不说了？——不说了好！添乱！”

老吕于是慢慢地喝酒，慢慢地抽烟。

比老吕稍晚进店的是老聂。老聂总是坐在老吕的对面。老聂有个小毛病，说话爱眨巴眼。凡是说话爱眨眼的人，脾气都比较急。他喝酒也快，不像老吕一口一口地抿。老聂每次喝一两半酒，多一口也不喝。有人强往他酒碗里倒一点，他拿起酒碗就倒在地下。他来了，搁下一个小提包，转身骑车就去“奔”酒菜去了。他“奔”来的酒菜大都是羊肝、沙肝。这是为他的猫“奔”的，——他当然也吃点。他喂着一只小猫。“这猫可仁义！我一回去，它就在你身上蹭——蹭！”他爱吃豆制品。熏干、鸡腿、麻辣丝……小葱下来的时候，他常常用铝饭盒装来一些小葱拌豆腐。有一回他装来整整两饭盒腌香椿。“来吧！”他招呼全店酒友。“你哪儿来这么多香椿？——这得不少钱！”——“没花钱！乡下的亲家带来的。我们家没人爱吃。”于是酒友们一人抓了一撮。剩下的，他都给了老吕。“吃完了，给我把饭盒带来！”一口把余酒喝净，退了杯，“回见！”出门上车，吱溜——没影儿了。

老聂原是做小买卖的。他在天津三不管卖过相当长时期炒肝。现在退休在家。电话局看中他家所在的“点”，想在他家安公用电话。他嫌钱少，麻烦。挨着他家的汽水厂工会愿意每月贴给他三十块钱，把厂里职工的电话包了。他还在犹豫。酒友们给他参谋：“行了！电话局每月给钱，汽水厂三十，加上传电话、送电话，不少！坐在家里拿钱，哪儿找这么好的事去！”他一想：也是！

老聂的日子比过去“滋润”了，但是他每顿还是只喝一两半酒，多一口也不喝。

画家来了。画家风度翩翩，梳着长长的背发，永远一丝不乱。衣着入时而且合体。春秋天人造革猎服，冬天羽绒服。——他从来不戴帽子。这样的一表人才，安乐居少见。他在文化馆工作，算个知识分子，但对人很客气，彬彬有礼。他这喝酒真是别具一格：二两酒，一扬脖子，一口气，下去了。这种喝法，叫作“大车酒”，过去赶大车的这么喝。西直门外还管这叫“骆驼酒”，赶骆驼的这么喝。文墨人，这样喝法的，少有。他和老王过去是街坊。喝了酒，总要走过去说几句话。“我给您添点儿？”老王摆摆手，画家直起身来，向在座的酒友又都点了点头，走了。

我问过老王和老聂：“他的画怎么样？”

“没见过。”

上海老头来了。上海老头久住北京，但是口音未变。他的话很特别，在地道的上海话里往往掺杂一些北京语汇："没门儿！""敢情！"甚至用一些北京的歇后语："那么好！武大郎盘杠子——上下够不着！"他把这些北京语汇、歇后语一律上海话化了，北京字眼，上海语音，挺绝。上海老头家里挺不错，但是他爱在外面逛，在小酒馆喝酒。

"外面吃酒，——香！"

他从提包里摸出一个小饭盒，里面有一双截短了的筷子、多半块熏鱼、几只油爆虾、两块豆腐干。要了一两酒，用手纸擦擦筷子，吸了一口酒。

"您大概又是在别处已经喝了吧？"

"啊！我们吃酒格人，好比天上飞格一只鸟（读如"屌"），格小酒馆，好比地上一棵树。鸟飞在天上，看到树，总要落一落格。"

如此妙喻，我未之前闻，真是长了见识！

这只鸟喝完酒，收好筷子，盖好米饭盒，拎起提包，要飞了：

"晏歇会儿！——明儿见！"

他走了，老工问我："他说什么？喝酒的都是屌？"

安乐居喝酒的都很有节制，很少有人喝过量的。也喝得很斯文，没有喝了酒胡咧咧的。只有一个人例外。这人是个瘸子，左腿短一截，走路时左脚跟着不了地，一晃一晃的。他自己说他原来是"勤行"——厨子，煎炒烹炸，南甜北咸，东辣西酸。说他能用两个鸡蛋打三碗汤，鸡蛋都得成片儿！但我没有再听到他还有什么特别的手艺，好像他的绝技只是两个鸡蛋打三碗汤。以这样的手艺自豪，至多也只能是一个"二荤铺"的"二把刀"。——"二荤铺"不卖鸡鸭鱼，什么菜都只是"肉上找"，——炒肉丝、熘肉片、扒肉条……他现在在汽水厂当杂工，每天蹬平板三轮出去送汽水。这辆平板归他用，他就半公半私地拉一点生意。口袋里一有钱，就喝。外边喝了，回家还喝；家里喝了，外面还喝。有一回喝醉了，摔在黄土坑胡同口，脑袋碰在一块石头上，流了好些血。过两天，又来喝了。我问他："听说你摔了？"他把后脑勺伸过来，挺大一个口子。"唔！唔！"他不觉得这有什么丢脸，好像还挺光彩。他老婆早上在马路上扫街，挺好看的。有两个金牙，白天穿得挺讲究，色儿都是时兴的，走起路来扭腰拧胯，咳，挺是样儿。安乐居的熟人都替她惋惜："怎么嫁了这么个主儿！——她对瘸子还挺好！"有一回瘸子刚要了一两酒，他媳妇赶到安乐居来了，夺过他的酒碗，顺手就泼在了地上："走！"拽住瘸子就往外走，回头向喝酒的熟人解释："他在家里喝了三两了，出来又喝！"瘸子也不生气，也不发作，也不觉有什么难堪，乖乖地一摇一晃地家去了。

瘸子喝酒爱说。老是那一套，没人听他的。他一个人说，前言不搭后语，当中夹杂了很多"唔唔唔"：

"……宝三，宝善廷，唔唔唔，知道吗？宝三摔跤，唔唔唔。宝三的跤场在哪儿？知道吗？唔唔唔。大金牙、小金牙，唔唔唔。侯宝林。侯宝林是云里飞的徒弟，唔唔唔。《逍遥津》，'欺寡人'——'七挂人'，唔唔唔。干吗老是'七挂人'？'七挂人'，唔唔唔。天津人讲话：'嘛事你啦？'唔唔唔。二娃子，你可不咋着！唔唔唔……"

喝酒的对他这一套已经听惯了，他爱说让他说去吧！只有老聂有时给他两句：

"老是那一套，你贫不贫？有新鲜的没有？你对天桥熟，天桥四大名山，你知道吗？"

瘸子爱管闲事。有一回，在李村胡同里，一个市容检查员要罚一个卖花盆的款，他插进去了："你干吗罚他？他一个卖花盆的，又不脏，又没有气味，'污染'，他'污染'什么啦？罚了款，你们好多拿奖金？你想钱想疯了！卖花盆的，大老远地推一车花盆，不容易！"他对卖花盆的说："你走，有什么话叫他朝我说！"很奇怪，他跟人辩理的时候话说得很明快，也没有那么多"唔唔唔"。

第二天，有人问起，他又把这档事从头至尾学说了一遍，有声有色。

老聂说："瘸子，你这回算办了件人事！"

"我净办人事！"

喝了几口酒，又来了他那一套：

"宝三，宝善廷，知道吗？唔唔唔……"

老吕、老聂都说："又来了！这人，不经夸！"

"四大名山？"我问老王：

"天桥哪儿有个四大名山？"

"咳！四块石头。天桥过去真有那么一座小桥，——后来拆了。桥头一边有两块石头，这就叫'四大名山'。你要问老人们，这永定门一带景致多哩！这会儿都没有人知道了。"

老王养鸟，红子。他每天沿天坛根遛早，一手提一只鸟笼，有时还架着一只。他把架棍插在后脖领里。吃完早点，把鸟挂在安乐林，聊会儿天，大约十点三刻，到安乐居。他总是坐在把角靠墙的座位。把鸟笼放好，架棍插在老地方，打酒。除了有兔头，他一般不吃荤菜，或带一条黄瓜，或一个西红柿、一个橘子、一个苹果。老王话不多，但是有时打开话匣子，也能聊一气。

我跟他聊了几回，知道：

他原先是扛包的。

“我们这一行，不在三百六十行之内。三百六十行，没这一行！”

“你们这一行没有祖师爷？”

“没有！”

“有没有传授？”

“没有！不像给人搬家的，躺箱、立柜、八仙桌、桌子上还常带着茶壶茶碗自鸣钟，扛起来就走，不带磕着碰着一点的，那叫技术！我们这一行，有力气就行！”

“都扛什么？”

“什么都扛，主要是粮食。顶不好扛的是盐包，包硬，支支楞楞的，硌。不随体。扛起来不得劲儿。扛包，扛个几天就会了。要说窍门，也有。一包粮食，一百多斤，搁在肩膀上，先得颤两下。一颤，哎，包跟人就合了槽了，合适了！扛熟了的，也能换换样儿。跟递包的一说：‘您跟我立一个！’哎，立一个！”

“竖着扛？”

“竖着扛。您给我‘搭’一个！”

“斜搭着？”

“斜搭着。”

“你们那会儿拿工资？计件？”

“不拿工资，也不是计件。有把头——”

“把头，把头不是都是坏人吗？封建把头嘛！”

“也不是！他自己也扛，扛得少点。把头接了一批活：‘哥几个！就这一堆活，多会儿扛完了多会儿算。’每天晚半晌，先生结账，该多少多少钱。都一样。有临时有点事的，觉得身上不大合适的，半路地儿要走，您走！这一天没您的钱。”

“能混饱了？”

“能！那会儿吃得多！早晨起来，半斤猪头肉，一斤烙饼。中午，一样。每天每。晚半晌吃得少点。半斤饼，喝点稀的，喝一口酒。齐啦。——就怕下雨。赶上连阴天，惨啰：没活儿。怎么办呢，拿着面口袋，到一家熟粮店去：‘掌柜的！’‘来啦！几斤？’告诉他几斤几斤，‘接着！’没的说。赶天好了，拿了钱，赶紧给人家送回去。为人在世，讲信用：家里揭不开锅的时候，少！……

“……三年自然灾害，可把我饿惨了。浑身都膀了。两条腿，棉花条。别说一百多斤，十来多斤，我也扛不动。我们家还有一辆自行车，凤凰牌，九成新。我妈跟我爸说：‘卖了吧，给孩子来一顿！’丰泽园！我叫了三个扒肉条，喝了半斤酒，开了十五个馒头，——馒头二两一个，三斤！我妈直害怕：‘别把杂种操的撑死了哇！’……”

“您现在每天还能吃……”

“一斤粮食。”

“退休了？”

“早退了！——后来我们归了集体。干我们这行的，四十五就退休，没有过四十五的。现在扛包的也没有了，都改了传送带。”

老王现在每天夜晚在一个幼儿园看门。

“没事儿！扫扫院子，归置归置，下水道不通了，——通通！活动活动。老待着干吗呀，又没病！”

老王走道低着脑袋，上身微微往前倾，两腿叉得很开，步子慢而稳，还看得出有当年扛包的痕迹。

这天，安乐居来了三个小伙子：长头发，小胡子、大花衬衫、苹果牌牛仔裤、尖头高跟大盖鞋，变色眼镜。进门一看："嗨，有兔头！"——他们是冲着兔头来了。这三位要了十个兔头、三个猪蹄、一只鸭子、三盘包子，自己带来八瓶青岛啤酒，一边抽着"万宝路"，一边吃喝起来。安乐居喝酒的老酒座都瞟了他们一眼。三位吃喝了一阵，把筷子一摔，走了。都骑的是雅马哈。嘟嘟嘟……桌子上一堆碎骨头、咬了一口的包子皮，还有一盘没动过的包子。

老王看着那盘包子，撇了撇嘴：

"这是什么买卖！"

这是老王的口头语。凡是他不以为然的事，就说："这是什么买卖！"

老王有两个鸟友，也是酒友。都是老街坊，原先在一个院里住。这二位现在都够万元户。

一个是佟秀轩，是裱字画的。按时下的价目，裱一个单条：十四～十六元。他每天总可以裱个五六幅。这二年，家家都又愿意挂两条字画了。尤其是退休老干部。他们收藏"时贤"字画，自己也爱写、爱画。写了、画了，还自己掏钱裱了送人。因此，佟秀轩应接不暇。他收了两个徒弟。托纸、上板、揭画，都是徒弟的事。他就管管配绫子，装轴。他每天早上遛鸟。遛完了，如果活儿忙，就把鸟挂在安乐林，请熟人看着，回家刷两刷子。到了十一点多钟，到安乐林摘了鸟笼子，到安乐居。他来了，往往要带一点家制的酒菜：炖吊子、烩鸭血、拌肚丝儿……佟秀轩穿得很整洁，尤其是脚下的两只鞋。他总是穿礼服呢花旗底的单鞋，圆口的或是双脸皮梁靸鞋。这种鞋只有右安门一家高台阶的个体户能做。这个个体户原来是内联陞的师傅。

另一个是白薯大爷。他姓白，卖烤白薯。卖白薯的总有些邋遢，煤呀火呀的。白薯大爷出奇的干净。他个头很高大，两只圆圆的大眼睛，顾盼有神。他腰板绷直，甚至微微有点后仰，精神！蓝上衣，白套袖，腰系一条黑人造革的围裙，往白薯炉子后面一站，嘿！有个样儿！就说他的精神劲儿，让人相信他烤出来的白薯必定是栗子味儿的。白薯大爷卖烤白薯只卖一上午。天一亮，把白薯车子推出来，把鸟——红子，往安乐林一挂，自有熟人看着，他去卖他的白薯。到了十二点，收摊。想要吃白薯，明儿见啦您哪！摘了鸟笼，往安乐居。他喝酒不多。吃菜！他没有一颗牙了，上下牙床子光光的，但是什么都能吃，——除了铁蚕豆，吃什么都香。“烧鸡烂不烂？”——“烂！”“来一只！”他买了一只鸡，撕巴撕巴，给老王来一块脯子，给酒友们让让：“您来块？”别人都谢了，他一人把一只烧鸡一会儿的工夫全开了。“不赖，烂！”把鸡架子包起来，带回去熬白菜。“回见！”

这天，老王来了，坐着，桌上搁一瓶五星牌二锅头，看样子在等人。一会儿，佟秀轩来了，提着一瓶汾酒。

“走啊！”

“走！”

我问他们：“不在这儿喝了？”

“白薯大爷请我们上他家去，来一顿！”

第二天，老王来了，我问：

“昨儿白薯大爷请你们吃什么好的了？”

“荞面条！——自己家里擀的。青椒！蒜！”

老吕、老聂一听：

“嘿！”

安乐居已经没有了。房子翻盖过了。现在那儿是一个什么贸易中心。

一九八六年七月五日晨写完

注释

原载一九八六年十月《北京晚报》。

金冬心

召应博学鸿词杭郡金农字寿门别号冬心先生、稽留山民、龙梭仙客、苏伐罗吉苏伐罗，早上起来觉得很无聊。

他刚从杭州扫墓回来。给祖坟加了加土，吩咐族侄把聚族而居的老宅子修理修理，花了一笔钱。杭州官员馈赠的程仪殊不丰厚，倒是送了不少花雕和莼菜，坛坛罐罐，装了半船。装莼菜的瓷罐子里多一半是西湖水。我能够老是饮花雕酒喝莼菜汤过日脚么？开玩笑！

他是昨天日落酉时回扬州的。刚一进门，洗了脸，给他装裱字画、收拾图书的陈聋子就告诉他：袁子才把十张灯退回来了。是托李馥馨茶叶庄的船带回来的。附有一封信。另外还有十套《随园诗话》。金冬心当时哼了一声。

去年秋后，来求冬心先生写字画画的不多，他又买了两块大砚台，一块红丝碧端，一块蕉叶白，手头就有些紧。进了腊月，他忽然想起一个主意：叫陈聋子用乌木做了十张方灯的架子，四面由他自己书画。自以为这主意很别致。他知道他的字画在扬州实在不大卖得动了，太多了，几乎家家都有。过了正月初六，就叫陈聋子搭了李馥馨的船到南京找袁子才，托他代卖。凭子才的面子，他在南京的交往，估计不难推销出去。他希望一张卖五十两。少说，也能卖二十两。不说别的，单是乌木灯架，也值个三两二两的。那么，不无小补。

袁子才在小仓山房接见了陈聋子，很殷勤地询问了冬心先生的起居，最近又有什么轰动一时的诗文，说："灯是好灯！诗、书、画，可称三绝。先放在我这里吧。"

金冬心原以为过了元宵，袁子才就会兑了银子来。不想过了清明，还没有消息。

现在，退回来了！

袁枚的信写得很有风致："……金陵人只解吃鸭，光天白日，尚无目识字画，安能于光烛影中别其媸妍耶？……"

这个老奸巨猾！不帮我卖灯，倒给我弄来十部《诗话》，让我替他向扬州的鹾贾打秋风！——俗！

晚上吃了一碗鸡丝面，早早就睡了。

今天一起来，很无聊。

喝了几杯苏州新到的碧螺春，念了两遍《金刚经》，趿着鞋，到小花圃里看了看。宝珠山茶开得正好，含笑也都有了骨朵了。

然而提不起多大兴致。他惦记着那十盆兰花。他去杭州之前，瞿家花园新从福建运到十盆素心兰。那样大的一盆，每盆不愁有百十个箭子！索价五两一盆，不贵！要是袁子才替他把灯卖出去，这十盆建兰就会摆在他的小花圃苇棚下的石条上。这样的兰花，除了冬心先生，谁配？然而……

他踱回书斋里，把袁枚的信摊开又看了一遍，觉得袁枚的字很讨厌，而且从字里行间嚼出一点挖苦的意味。他想起陈聋子描绘的随园：有几棵柳树，几块石头，有一个半干的水池子，池子边种了十来棵木芙蓉，到处是草，草里有蜈蚣……这样一个破园子，会是江宁织造的大观园么？可笑！[①]此人惯会吹牛，装模作样！他顺手把《随园诗话》打开翻了几页，到处是倚人自重，借别人的赏识，为自己吹嘘。有的诗，还算清新，然而，小聪明而已。正如此公自道："诗被人嫌只为多！"再看看标举的那些某夫人、某太夫人的诗，都不见佳。哈哈，竟然对毕秋帆也揄扬了一通！毕秋帆是什么？——商人耳！郑板桥对袁子才曾作过一句总评，说他是"斯文走狗"，不为过分！

他觉得心里痛快了一点，——不过，还是无聊。

他把陈聋子叫来，问问这些天有什么函件柬帖。陈聋子捧出了一叠。金冬心拆看了几封，都没有什么意思，问："还有没有？"

陈聋子把脑门子一拍，说："有！——我差一点忘了，我把它单独放在拜匣里了：程雪门有一张请帖，来了三天了！"

"程雪门？"

"对对对！请你陪客。"

---

① 袁枚曾说大观园就是他的随园。

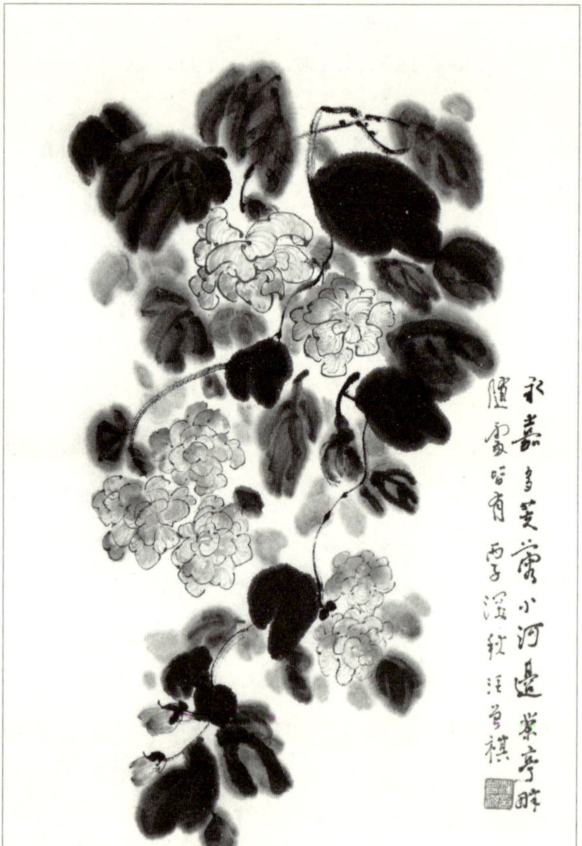

永嘉多芙蓉，小河边茶亭畔随处皆有。　丙子深秋　汪曾祺

“请谁？”

“铁大人。”

“哪个铁大人？”

“新放的两淮盐务道铁保珊铁大人。”

“几时？”

“今天！中饭！平山堂！”

“你多误事！——去把帖子给我拿来！——去订一顶轿了！——你真是！——快去！——哎哟！”

金冬心开始觉得今天有点意思了。

等着催请了两次，到第三次催请时，冬心先生换了衣履，坐上轿子，直奔平山堂。

程雪门是扬州一号大盐商，今大宴请新任盐务道，非比寻常！果然，等金冬心下了轿，往平山堂一看，只见扬州的名流显贵都已到齐。藩臬二司、河工漕运、当地耆绅、清客名士，济济一堂。花翎补服，辉煌耀眼；轻衣缓带，意态萧闲。程雪门已在正面榻座上陪着铁保珊说话，一眼看见金冬心来了，站起身来，铁保珊早抢步迎了出来。

“冬心先生！久仰！久仰得很哪！”

“岂敢岂敢！臣本布衣，幸瞻丰采！铁大人从都里来，一路风霜，辛苦了！”

“请！”

“请！请！”

铁保珊拉了金冬心入座。程雪门道了一声“得罪！”自去应酬别的客人。大家只见铁保珊倾侧着身子和金冬心谈得十分投机，金冬心不时点头拊掌，不知他们谈些什么，不免悄悄议论。

“雪门今天请金冬心来陪铁保珊，好大的面子！”

“听说是铁保珊指名要见的。”

“金冬心这时候才来，架子搭得不小！”

“看来他的字画行情要涨！”

少顷宴齐，更衣入席。平山堂中，雁翅般摆开了五桌。正中一桌，首座自然是铁保珊。次座是金冬心。金冬心再三谦让，铁保珊一把把他按得坐下，说：“你再谦，大家就不好坐了！”金冬心只得从命。程雪门在这桌的主座上陪着。

今天的酒席很清淡。铁大人接连吃了几天满汉全席，实在是没有胃口，接到请帖，说：“请我，我到！可是我只想喝一碗晚米稀粥，就一碟香油拌疙瘩丝！”程雪门说一定照办。按扬州请客的规矩，菜单曾请铁保珊过了目。凉碟是金华竹叶腿、宁波瓦楞明蚶、黑龙江熏鹿脯、四川叙府糟蛋、兴化醉蛏鼻、东台醉泥螺、阳澄湖醉蟹、糟鹌鹑、糟鸭舌、高邮双黄鸭蛋、界首茶干拌荠菜、凉拌枸杞头……热菜也只是蟹白烧乌青菜、鸭肝泥酿怀山药、鲫鱼脑烩豆腐、烩青腿子口蘑、烧鹅掌。甲鱼只用裙边。鲟花鱼不用整条的，只取两块嘴后腮边眼下蒜瓣肉。砗螯只取两块瑶柱。炒芙蓉鸡片塞牙，用大兴安岭活捕来的飞龙剁泥、鸽蛋清。烧烤不用乳猪，用果子狸。头菜不用翅唇参燕，清炖杨妃乳——新从江阴运到的河豚鱼。铁大人听说有河豚，说：“那得有炒蒌蒿呀！——‘竹外桃花三两枝，春江水暖鸭先知。蒌蒿满地芦芽短，正是河豚欲上时’，有蒌蒿，那才配称。”——“有有有！”随饭的炒菜也极素净：素炒蒌蒿薹、素炒金花菜、素炒豌豆苗、素炒紫芽姜、素炒马兰头、素炒凤尾——只有三片叶子的嫩莴苣尖、素烧黄芽白……铁大人听了菜单（他没有看）说是“这样好，

‘咬得菜根，则百事可做’。”他请金冬心过目，冬心先生说：“‘一箪食，一瓢饮’，农一介寒士，无可无不可的。”

金冬心尝尝这一桌非时非地清淡而名贵的菜肴，又想起袁子才，想起他的《随园食单》，觉得他把几味家常鱼肉说得天花乱坠，真是寒乞相，嘴角不禁浮起一丝冷笑。

酒过三巡，铁保珊提出寡饮无趣，要行一个酒令。他提出的这个酒令叫作“飞红令”，各人说一句或两句古人诗词，要有“飞、红”二字，或明嵌，或暗藏，都可以。这令不算苛。他自己先说了两句：“花谢花飞飞满天，红消香断有谁怜？”有人不识出处。旁边的人提醒他：“《红楼梦》！”这时正是《红楼梦》大行的时候，“开谈不说《红楼梦》，纵读诗书也枉然”，不知出处的怕露怯，连忙说：“哦，《红楼梦》！《红楼梦》！”下面也有说“一片花飞减却春”的，也有说“桃花乱落如红雨”的。有的说不上来，甘愿罚酒。也有的明明说得出，为了谦抑，故意说：“我诗词上有限，认罚认罚！”借以凑趣的。临了，到了程雪门。程雪门说了一句：

“柳絮飞来片片红。”

大家先是愕然，接着就哗然了：

“柳絮飞来片片红，柳絮如何是红的？”

“无是理！无是理！”

“杜撰！杜撰无疑！”

“罚酒！罚酒！”

“满上！满上！喝了！喝了！”

程雪门也不知道自己怎么会诌出这样一句不通的诗来，正在满脸紫涨，无地自容，忽听得金冬心放下杯箸，从容言道：

“诸位莫吵。雪翁此诗有出处。这是元人咏平山堂的诗，用于今日，正好对景。”他站起身来，朗吟出全诗：

廿四桥边廿四风，
凭栏犹忆旧江东。
夕阳返照桃花渡，
柳絮飞来片片红。

大家一听，全都击掌：

“好诗！”

“好一个‘柳絮飞来片片红’！妙！妙极了！”

“如此尖新，却又合情合理，这定是元人之诗，非唐非宋！”

“到底是冬心先生！元朝人的诗，我们知道得太少，惭愧惭愧！”

“想不到程雪翁如此博学！佩服！佩服！”

程雪门哈哈大笑，连说：“过奖，过奖！——菜凉了，河豚要趁热！”

于是大家的筷子一齐奔向杨妃乳。

铁保珊拈须沉吟：这是元朝人的诗么？

金冬心真是捷才！出口成章，不动声色。快，而且，好！有意境……

第二天，一清早，程雪门派人给金冬心送来一千两银子。金冬心叫陈聋子告诉瞿家花园，把十盆建兰立刻送来。

陈聋子刚要走，金冬心叫住他：

“不忙。先把这十张灯收到厢房里去。”

陈聋子提起两张灯，金冬心又叫住他：

“把这个——搬走！”

他指的是堆在地下的《随园诗话》。

陈聋子抱起《诗话》，走出书斋，听见冬心先生骂道：

“斯文走狗！”

陈聋子心想：他这是骂谁呢？

一九八三年十月二十五日

注释

原载《现代作家》一九八四年第一期。

手把羊肉

到了内蒙古，不吃几回手把羊肉，算是白去了一趟。

到了草原，进蒙古包做客，主人一般总要杀羊。蒙古族人是非常好客的。进了蒙古包，不论识与不识，坐下来就可以吃喝。有人骑马在草原上漫游，身上只背了一只羊腿。到了一家，主人把这只羊腿解下来。客人吃喝一晚，第二天上路时，主人给客人换一只新鲜羊腿，背着。有人就这样走遍几个盟旗，回家，依然带着一只羊腿。蒙古族人诚实，家里有什么，都端出来。客人醉饱，主人才高兴。你要是虚情假意地客气一番，他会生气的。这种风俗的形成，和长期的游牧生活有关。一家子住在大草原上，天苍苍，野茫茫，多见牛羊少见人，他们很盼望来一位远方的客人谈谈说说。一坐下来，先是喝奶茶，吃奶食。奶茶以砖茶熬成，加奶，加盐。这种略带咸味的奶茶香港人大概是喝不惯的，但为蒙古族人所不可或缺。奶食有奶皮子、奶豆腐、奶渣子。这时候，外面已经有人动手杀羊了。

蒙古族人杀羊极利索。不用什么利刃，就是一把普通的折刀就行了。一会儿的工夫，一只整羊剔剥出来了，羊皮晾在草地上，羊肉已经进了锅。杀了羊，草地上连一滴血都不沾。羊血和内脏喂狗。蒙古狗极高大凶猛，样子怕人，跑起来后爪搭至前爪之前，能追吉普车！

手把羊肉就是白煮的带骨头的大块羊肉。一手攥着，一手用蒙古刀切割着吃。没有什么调料，只有一碗盐水，可以蘸蘸。这样的吃法，要有一点技巧。蒙古族人能把一块肉搜剔得非常干净，吃完，只剩下一块雪白的骨头，连一丝肉都留不下。咱们吃了，总要留下一些筋头巴脑。蒙古族人一看就知道：这不是一个牧民。

吃完手把肉，有时也用羊肉汤煮一点挂面。蒙古族人不大吃粮食，他们早午喝奶茶时吃一把炒米，——黄米炒熟了，晚饭有时吃挂面。蒙古族人买挂面不是论斤，而是一车一车地买。蒙古族人搬家，——转移牧场，总有几辆勒勒车——牛车。牛车上有的装的是毛毯被褥，有一车装的是整车的挂面。蒙古族人有时也吃烙饼，牛奶和的，放一点发酵粉，极香软。

我们在达茂旗吃了一次“羊贝子”，羊贝子即全羊。这是招待贵客才设的。整只的羊，在水里煮四十五分钟就上来了。吃羊贝子有一套规矩。全羊趴在一个大盘子里，羊蹄剁掉了，羊头切下来放在羊的颈部，先得由最尊贵的客人，用刀子切下两条一定部位的肉，斜十字搭在羊的脊背上，然后，羊头撤去，其他客人才能拿起刀来各选自己爱吃的部位片切了吃。我们同去的人中有的对羊贝子不敢领教。因为整只的羊才煮四十五分钟，有的地方一刀切下去，会沁出血来。本人则是“照吃不误”。好吃么？好吃极了！鲜嫩无比，人间至味。蒙古族人认为羊肉煮老了不好吃，也不好消化，带一点生，没有关系。

我在新疆吃过哈萨克族的手把肉，肉块切得较小，和面条同煮，吃时用右手抓了羊肉和面条同时入口，风味与内蒙古的不同。

注释

原载一九八七年七月一日香港《大公报》。

菌小谱

南方的很多地方把冬菇叫香蕈（xùn）。长江以北似不产冬菇。

我小时候常随祖母到观音庵去。祖母吃长斋，杀生日都在庵中过。素席上总有一道菜：香蕈饺子。香蕈汤一大碗先上桌，素馅饺子油炸至酥脆，倾入汤，刺啦一声，香蕈香气四溢，味殊不恶。这种做法近似口蘑锅巴，只是口蘑锅巴的汤是荤汤。香蕈饺子如用荤汤，当更味重，但饺子似宜仍用素馅，取其有蔬笋气，不压冬菇香味。

冬菇当以凉水发，方能保持香气。如以热水发，味减。

冬菇干制，可以致远。吃过鲜冬菇的人

不多。我在井冈山吃过。大井山上有一个五保户老妈妈，生产队特批她砍倒一棵椵树生冬菇。冬菇源源不绝地生长。房东老邹隔两三天就为我们去买半篮。以茶油炒，鲜嫩腴美，不可名状。或以少许腊肉同炒，更香。鲜菇之外，青菜汤一碗，辣腐乳一小碟。红米饭三碗，顷刻下肚，意犹未足。

我在昆明住过七年，离开已四十多年，不忘昆明的菌子。

雨季一到，诸菌皆出，空气里一片菌子气味。无论贫富，都能吃到菌子。

常见的是牛肝菌、青头菌。牛肝菌菌盖正面色如牛肝。其特点是背面无菌褶，是平的，只有无数小孔，因此菌肉很厚，可切成薄片，宜于炒食。入口滑细，极鲜，炒牛肝菌要加大量蒜片，否则吃了会头晕。菌香、蒜香扑鼻，直入脏腑。牛肝菌价极廉，青头菌稍贵。青头菌菌盖正面微带苍绿色，菌褶雪白，烩或炒，宜放盐，用酱油颜色就不好看了。或以为青头菌格韵较高，但也有人偏嗜牛肝菌，以其滋味较为强烈浓厚。

最名贵是鸡㙡，鸡㙡之名甚奇怪。“㙡”字别处少见。为什么叫“鸡㙡”，众说不一。这东西生长的地方也奇怪，生在田野间的白蚁窝上。为什么专长在白蚁窝上，这道理连专家也没弄明白。鸡㙡菌盖小而菌把粗长，吃的主要便是形似鸡大腿的菌把。鸡㙡是菌中之王。味道如何？真难比方。可以说这是植物鸡。味正似当年的肥母鸡，但鸡肉粗而菌肉细腻，且鸡肉无此特殊的菌子香气。昆明甬道街有一家不大的云南馆子，制鸡㙡极有名。

菌子里味道最深刻（请恕我用了这样一个怪字眼）、样子最难看的，是干巴菌。这东西像一个被踩破的马蜂窝，颜色如半干牛粪，乱七八糟，当中还夹杂了许多松毛、草茎，择起来很费事。择出来也没有大片，只是螃蟹小腿肉粗细的丝丝。洗净后，与肥瘦相间的猪肉、青辣椒同炒，入口细嚼，半天说不出话来。干巴菌是菌子，但有陈年宣威火腿香味、宁波油浸糟白鱼鲞香味、苏州风鸡香味、南京鸭肫肝香味，且杂有松毛清香气味。干巴菌晾干，加辣椒同腌，可以久藏，味与鲜时无异。

样子最好看的是鸡油菌。个个正圆，银圆大，嫩黄色，但据说不好吃。干巴菌和鸡油菌，一个中吃不中看，一个中看不中吃！

未有人工培养的“洋蘑菇”之前，北京菜市偶尔有鲜蘑卖，是野生的，大概是柳蘑。肉片烩鲜蘑是一道时菜。五芳斋（旧在东安市场内）烩鲜蘑制作精细，无土腥气。但柳蘑没有多大吃头，只是吃个新鲜而已。

口蘑不像冬菇一样可以人工种植。口蘑生长的秘密，好像到现在还没有揭开。口蘑长在草原上。很怪，只长在“蘑菇圈”上。草原上往往有一个相当大的圆圈，正圆，圈上的草长得特别绿，绿得发黑，这就是蘑菇圈。九月间，雨晴之后，天气潮闷，这是出蘑菇的时候。远远一看，蘑菇圈是固定的。今年这里出蘑菇，明年还出。蘑菇圈的成因，谁也说不明白。有人说这地方曾扎过蒙古包，蒙古族人把吃剩的羊骨头、羊肉汤倒在蒙古包的周围，这一圈土特别肥沃，故草色浓绿，长蘑菇。这是想当然耳。有人曾挖取蘑菇圈的土，移之室内，布入口蘑菌丝，希望获得人工驯化的口蘑，没有成功。

口蘑品类颇多。我曾在张家口沙岭子农业科学研究所画过一套

《口蘑图谱》，皆以实物置之案前摹写（口蘑颜色差别不大，皆为灰白色，只是形体有异，只需用钢笔蘸炭黑墨水描摹即可。不着色，亦为考虑印制方便故），自信对口蘑略有认识。口蘑主要的品种有：

黑蘑。菌褶棕黑色，此为最常见者。菌行称之为“黑片蘑”，价贱，但口蘑味仍甚浓。北京涮羊肉锅子中、浇豆腐脑的羊肉卤中及“炸丸子开锅”的铜锅里，所放的都是黑片蘑。“炸丸子开锅”所放的只是口蘑渣，无整只者。

白蘑。白蘑较小（黑蘑有大如碗口的），菌盖、菌褶都是白色。白蘑味极鲜。我曾在沽源采到一枚白蘑做了一大碗汤，全家人喝了，都说比鸡汤还鲜。——那是“三年困难”时期，若是现在，恐怕就不能那样香美了。

鸡腿子。菌把粗长，近根部鼓起，状如鸡腿。

青腿子。形状似鸡腿子，但微绿。——干制后亦是灰白色，几与鸡腿子无异。

鸡腿子、青腿子很少见，即使张家口口蘑庄号中也不易买到。

此外还有“庙自行”“蘑菇丁”……那都是商号巧立名目，其实不是特别的品种。

口蘑采得，即须穿线晾干，否则极易生蛆。口蘑干制后方有香味。我吃过自采的鲜口蘑，一点也不香，这也很奇怪。发口蘑当用开水。至少须发一夜。口蘑发涨后，将水滗出，这就是口蘑汤。口蘑菌褶中有沙，不可用手搓洗。以手搓，则沙永远不能清除，吃起来会牙碜。只能把发过的口蘑放入大碗中，满注清水，用筷子像打鸡蛋似的反复打。泥沙沉底后，换水再打。大约得换三四次水，打上千下，至碗内不复再有泥沙后，再用手指抠去泥根。

口蘑宜重荤大油（制素什锦一般只用香菇，少有用口蘑者）。

《老残游记》提到口蘑炖鸭，自是佳品。我曾在沽源吃过口蘑羊肉哨子（“哨”字我始终不知该怎么写）蘸莜面，三者相得益彰，为平生难忘的一次口福。在呼和浩特一家饭馆吃过一盘炒口蘑，极滑润，油皆透入口蘑片中，盖以慢火炒成，虽名为炒，实是油焖。即口蘑煨南豆腐，亦须荤汤，方出味。

湖南极重菌油。秋凉时，长沙饭馆多卖菌油豆腐、菌油面，味道很好，但不知是何种菌耳。

中国种植“洋蘑菇”的历史不久。最初引进的是平蘑，即圆蘑菇。这东西种起来也很简单，但要花一笔“基本建设”的钱。马粪、铡细的稻草，拌匀，即为培养基土，装入无盖的木箱中，布入菌丝，一箱一箱逐层置在木架上，用不了几天，就会出蘑。平蘑在室内栽培，露地不能生长。室内须保持一定的湿度和温度。平蘑生长甚快。我在沙岭子农科所画口蘑谱，在蘑菇房外面的一间小办公室里。我在外面画，它在里面长。我画完一张，进去看看，每只木箱中都已经长出白白的一层蘑菇。平蘑一茬接一茬，每天可采。

春节加菜：新采未开伞的平蘑切成薄片，加大量蒜黄、瘦猪肉同炒，一大盘，很解馋。平蘑片炒蒜黄，各种菜谱皆未载。这种搭配是很好的。平蘑要现采的，罐头平蘑不中吃。

北京近年菜市上平蘑少，但有大量的凤尾菇。乍出时，北京人觉得很新鲜，现在有点卖不动了。看来北京郊区洋蘑菇生产有点过剩了。

注释

原载《中国烹饪》一九八八年第二期。

米线和饵块

未到昆明之前，我没有吃过米线和饵块。离开昆明以后，也几乎没有再吃过米线和饵块。我在昆明住过将近七年，吃过的米线饵块可谓多矣。大概每个星期都得吃个两三回。

米线是米粉像压饸饹似的压出来的那么一种东西，粗细也如张家口一带的莜面饸饹。口感可完全不同。米线洁白，光滑，柔软。有个女同学身材细长，皮肤很白，有个外号，就叫米线。这东西从作坊里出来的时候就是熟的，只需放入配料，加一点水，稍煮，即可食用。昆明的米线店都是用带把的小铜锅，一锅只能煮一两碗，多则三碗，谓之“小锅米线”。昆明人认为小锅煮的米线才好吃。米线配料有多种，除了爨肉之外，都是预先熟制好了的。昆明米线店很多，几乎每条街都有。文林街就有两家。

一家在西边，近大西门，坐南朝北。这家卖的米线花样多，有焖鸡米线、爨肉米线、鳝鱼米线、叶子米线。焖鸡其实不是鸡，是瘦肉，煸炒之后，加酱油香料煮熟。爨肉即鲜肉末。米线煮开，拨入肉末，见两开，即得。昆明人不知道为什么把这种做法叫作爨肉，这是个多么复杂难写的字！云南因有二爨（《爨宝子》《爨龙颜》）碑，很多人能认识这个字，外省人多不识。云南人把荤菜分为两类，大块炖猪肉以及鸡鸭牛羊肉，谓之“大荤”；炒蔬菜而加一点肉丝或肉末，谓之“爨荤”。“爨荤”者，零碎肉也。爨肉米线的名称也许是这样引申出来的。鳝鱼米线的鳝鱼是鳝鱼切段，加大蒜焖酥了的。“叶子”即炸猪皮。这东西有的地方叫“响皮”，很多地方叫“假鱼肚”，叫作“叶子”，似只有云南一省。

街东的一家坐北朝南，对面是西南联大教授宿舍，沈从文先生就住在楼上临街的一间里面。这家房屋桌凳比较干净，米线的味道也较清淡，只有焖鸡和爨肉两种，不过备有鸡蛋和西红柿，可以加在米线里。巴金同志在纪念沈先生文中说沈先生经常以两碗米线，加鸡蛋西红柿，就算是一顿饭了，指的就是这一家。沈先生通常吃的是爨肉米线。这家还卖鸡头脚（卤煮）和油炸花生米，小饮极便。

尽忠寺坡有一家卖炟肉米线。白汤。大块臀尖肥瘦肉煮得极炟，放大瓷盘中。米线烫热浇汤后，用包馄饨用的竹片扒下约半两炟肉，堆在米线上面。汤肥，味厚。全城卖炟肉米线者只此一家。

青云街有一家卖羊血米线。大锅两口，一锅开水，一锅煮着生的羊血。羊血并不凝结，只是像一锅嫩豆腐。米线放在漏勺里在开水锅中冒得滚烫，扤羊血一大勺盖在米线上，浇芝麻酱，撒上香菜蒜泥，吃辣的可以自己加。有的同学不敢问津，或望望然而去之，因为羊血好像不熟，我则以为是难得的异味。

正义路有一个奎光阁，门面颇大，有楼，卖凉米线。米线，加好酱油、酸甜醋（昆明的醋有两种，酸醋和甜醋，加醋时店伙都要问："吃酸醋嘛甜醋？"通常都答曰："酸甜醋"，即两样都要）、五辛生菜、辣椒。夏天吃凉米线，大汗淋漓，然而浑身爽快。奎光阁在我还在昆明时就关张了。

护国路附近有一条老街，有一家专卖干烧米线，门面甚小，座位靠墙，好像摆在一个半截胡同里，没几张小桌子。干烧米线放大量猪油、酱油，一点儿汤，加大量的辣椒面和川花椒末，烧得之后，无汁水，是盛在盘子里吃的。颜色深红，辣椒和花椒的香气冲鼻子。吃了这种米线得喝大量的茶，——最好是沱茶，因为味道极其强烈浓厚，"叫水"；而且麻辣味在舌上久留不去，不用茶水涮一涮，得一直张嘴哈气。

最为名贵的自然是过桥米线。过桥米线和汽锅鸡堪称昆明吃食的代表作。过桥米线以正义路牌楼西侧一家最负盛名。这家也卖别的饭菜，但是顾客多是冲过桥米线来的。入门坐定，叫过菜，堂倌即在每人面前放一盘生菜（主要是豌豆苗）；一盘（九寸盘）生鸡片、腰片、鱼片、猪里脊片、宣威火腿片，平铺盘底，片大，而薄几如纸；一碗白胚米线。随即端来一大碗汤。汤看来似无热气，而汤温高于一百摄氏度，因为上面封了厚厚的一层鸡油。我们初到昆明，就听到不止一个人的警告：这汤万万不能单喝。说有一个下江人司机，汤一上来，端起来就喝，竟烫死了。把生片推入汤中，即刻就都熟了；然后把米线、生菜拨入汤碗，就可以吃起来。鸡片腰片鱼片肉片都极嫩，汤极鲜，真是食品中的尤物。过桥米线有个传说，说是有一秀才，在村外小河对岸书斋中苦读，秀才娘子每天给他送米线充饥，为保持鲜嫩烫热，遂想出此法。娘子送吃的，要过一道桥。秀才问："这是什么米线？"娘子说"过桥米线！""过桥米线"的名称就是这样来的。此恐是出于附会。"过桥"之名我于南宋人笔记中即曾见过，书名偶忘。

饵块有两种。

一种是汤饵块和炒饵块。饵块乃以米粉压成大坨，于大甑内蒸熟，长方形，一坨有七八寸长，五寸来宽，厚约寸许，四角浑圆，如一小枕头。将饵块横切成薄片，再加几刀，切如骨牌大，入汤煮，即汤饵块；亦可加肉片青菜炒，即炒饵块。我们通常吃汤饵块，吃炒饵块时少。炒饵块常在小饭馆里卖，汤饵块则在较大的米线店里与米线同卖。饵块亦可以切成细条，名曰饵丝。米线柔滑，不耐咀嚼，连汤入口，便顺流而下，一直通过喉咙入肚。饵块饵丝较有咬劲。不很饿，吃米线；倘要充腹耐饥，吃饵块或饵丝。汤饵块饵丝，配料与米线同。青莲街逼死坡下，有一家本来是卖甜品的，忽然别出心裁，添卖牛奶饵丝和甜酒饵丝，生意颇好。或曰：饵丝怎么可以吃甜的？然而，饵丝为什么不能吃甜的呢？既然可以有甜酒小汤圆，当然也可以有甜酒饵丝。昆明甜酒味浓，甜酒饵丝香、醇、甜、糯。据本省人说：饵块以腾冲的最好。腾冲炒饵块别名"大救驾"。传南明永历帝朱由榔，败走滇西，至腾冲，饥不得食，土人进炒饵块一器，朱由榔吞食罄尽，说："这可真是救了驾了！"遂有此名。腾冲的炒饵块我吃过，只觉得切得极薄，配料讲究，吃起来与昆明的炒饵块也无多大区别。

据云腾冲的饵块乃专用某地出的上等大米舂粉制成，粉质精细，为他处所不及。只有本省人能品尝各地的米质精粗，外省人吃不出所以然。

烧饵块的饵块是米粉制的饼状物，“昆明有三怪，粑粑叫饵块……”指的就是这东西。饵块是椭圆形的，形如北方的牛舌饼而大，比常人的手掌略长一些，边缘稍厚。烧饵块多在晚上卖。远远听见一声吆唤：“烧饵块……”声音高亢，有点凄凉。走近了，就看到一个火盆，置于交脚的架子上，盆中炽着木炭，上面是一个横搭于盆口的铁箅子，饵块平放在箅子上，卖烧饵的用一柄柿油纸扇扇着木炭，炭火更旺了，通红的。昆明人不用葵扇，扇火多用状如葵扇的柿油纸扇。铁箅子前面是几个搪瓷把缸，内装不同的酱，平列在一片木板上。不大一会儿，饵块烧得透了，内层绵软，表面微起薄壳，即用竹片从搪瓷缸中刮出芝麻酱、花生酱、甜面酱、泼了油的辣椒面，依次涂在饵块的一面，对折起来，状如老式木梳，交给顾客。两手捏着，边吃边走，咸、甜、香、辣，并入饥肠。四十余年，不忘此味。我也忘不了那一声凄凉而悠远的吆唤：“烧饵块……”

一九八六年，我重回了一趟昆明。昆明变化很大。就拿米线饵块来说，也有了很大的变化。我住在圆通街，出门到青云街、文林街、凤翥街、华山西路、正义路各处走了走。我没有见到焖鸡米线、爨肉米线、鳝鱼米线、叶子米线，问之本地老人，说这些都没有了。代之而起的是到处都卖肠旺米线。“肠”是猪肠子，“旺”是猪血，西南几省都把猪血叫作“血旺”或“旺子”。肠旺米线四十多年前昆明是没有的，这大概是贵州传过来的。什么时候传来的？为什么肠旺米线能把焖鸡、爨肉……都打倒，变成肠旺米线的一统天下呢？是焖鸡、爨肉没人爱吃？费工？不赚钱？好像也都不是。我实在百思不得其解。

我没有去吃过桥米线，因为本地人告诉我，现在的过桥米线大大不如从前了。没有那样的鸡片、腰片，——没有那样的刀工。没有那样的汤。那样的汤得用肥母鸡才煨得出，现在没有那样的肥母鸡。

烧饵块的饵块倒还有，但是不是椭圆的，变成了圆的。也不像从前那样厚实，镜子样的薄薄一个圆片，大概是机制的。现在还抹那么多种酱么？还用栎炭火来烧么？

这些变化是怎么发生的？为什么会发生？

一九九〇年十一月二十四日

虎头鲨歌

苏州嘉鱼号塘鳢，苏人言之颜色喜。
塘鳢果是何物耶？却是高邮虎头鲨。
此物高邮视之贱，杂鱼焉能登席面！
虎头鲨味固自佳，嫩比河豚鲜比虾。
最好清汤烹活火，胡椒滴醋紫姜芽。
酒足饭饱真口福，只在寻常百姓家。

编后记

我接手主编这套丛书的时候，有几分惶恐，有几分欣慰。惶恐的是怕汪迷嗤之以鼻，谓自身几斤几两皆不知，还能充当主编。欣慰的是，我虽从未走出高邮，但因一直守望乡土，拥有许多文友的呵护与支持，拥有父母官和汪老家人的关注和信任。我便有了特殊的自信，自踏入文艺界三十多年来，常常心想事成，要干的事总能干成干好。

高邮赵德清君，并非我的学生，他却以师相待。近年，他开设了“汪迷部落”微信公众号，分设出“文化旅游”“美食”“影视音乐书画”三个专题群，高邮“汪迷群”与上海、北京、扬州等地十多个“汪迷群”、文学文艺爱好者群建立了联系，在网络世界里，世界各地的汪曾祺文学爱好者的相互交流日益加强，“汪迷部落”二〇一九年十一月二十六日关注量达一万四千二百三十九人次。

在此书付梓之际，我由衷感谢出版社领导和编辑的认可及调整。为编此书，数月来，重温汪老的各类作品，反复揣摩，从中选取经典之作。我虽已届耄耋之年，体弱多病，但愿意接受这一劳心费力的挑战，善始善终地完成这“玩命”（家人语，你忙得要书不要命）的工作，要一“玩”到底。我也诚心欢迎广大读者指正，如此幸甚！

陈其昌

二〇一九年十二月六日

图书在版编目（CIP）数据
人间有味是清欢 / 汪曾祺著. —南京：译林出版社，2020.7
（汪曾祺经典）
ISBN 978-7-5447-8156-5

I.①人… II.①汪… III.①中国文学－当代文学－作品综合集
IV.①I217.2

中国版本图书馆CIP数据核字（2020）第029811号

人间有味是清欢　汪曾祺／著

责任编辑　陈绍敏
特约编辑　朱海华
装帧设计　鹏飞艺术
校　　对　刘文硕
责任印制　贺　伟

出版发行　译林出版社
地　　址　南京市湖南路1号A楼
邮　　箱　yilin@yilin.com
网　　址　www.yilin.com
市场热线　010-85376701
排　　版　鹏飞艺术
印　　刷　山东临沂新华印刷物流集团有限责任公司
开　　本　960毫米×640毫米　1/16
印　　张　13.25
版　　次　2020年7月第1版　2020年7月第1次印刷
书　　号　ISBN 978-7-5447-8156-5
定　　价　38.80元